명상록

명상록

1판 1쇄 발행 | 2003. 2. 27
2판 5쇄 발행 | 2018. 3. 12

지 은 이 | 마르쿠스 아우렐리우스
옮 긴 이 | 유동범
일러스트 | 손정미
펴 낸 이 | 박옥희
펴 낸 곳 | 도서출판 인디북

등 록 일 자 | 2000. 6. 22
등 록 번 호 | 제 10 – 1993호
주   소 | 서울시 마포구 용강동 469 하나빌딩 2층
전   화 | 02)3273 – 6895
팩   스 | 02)3273 – 6897
홈 페 이 지 | www.indebook.com

ISBN 978-89-5856-105-7 03890

명상록

마르쿠스 아우렐리우스 지음 | 유동범 옮김

인디북

| 차 례 |

배움에 대하여

제1장

막시무스는 자제력이 뛰어난 사람으로, 다른 사람들에게 악의를 품거나 범하는 일이 없었으며, 쉽게 놀라거나 두려움을 겉으로 드러내는 법이 없었고, 당황하거나 실망하지도 않았다. 또 거짓 웃음으로 고통을 포장하는 일도 없었고, 미심쩍은 일을 한 적도 없었으며, 자비와 덕행과 용서에 인색하지 않았고, 모든 거짓으로부터 자유로웠다. 그러한 그의 품성은 수양을 쌓아서라기보다는 그 자신이 정의 자체로 태어났기 때문이라고 생각될 정도였다.

1 　나는 할아버지 베루스Verus로부터 예절바른 행실과 격한 감정을 억제하는 법을 배웠다.

2 　아버지에 대한 숱한 명성과 추억으로부터 나는 겸양과 강인한 기질을 배웠다.

3 　나의 어머니는 남을 이해하는 넓은 도량을 가진 분이었다. 조용한 품성의 어머니는 언제나 잔인한 말과 행동을 경계하셨는데, 사악한 행위뿐 아니라 그런 언행을 불러일으키는 악한 마음조차도 삼가셨다.
　나는 그런 어머니로부터 부자들의 습성과는 거리가 먼 검약하는 생활 태도를 익힐 수 있었다.

4 　나의 증조부는 내게, 공립학교에 다니는 대신 훌륭한 교사를 집으로 초빙하여 배우도록 충고하셨고, 아울러 올바른 교육을 위해서는 돈을 아끼지 말아야 한다고 덧붙이셨다.

5 나의 스승은 경기장에서 어느 한 편만을 일방적으로 응원하거나 그 일원이 되지 말라고 가르쳤다.

또한 힘든 일을 피하지 말며, 헛된 욕망을 줄이고 원하는 것은 스스로 땀흘려 성취하되 남의 일에 간섭하지 말며, 남을 비방하는 소리에 귀기울이지 말라고 가르쳤다.

6 디오그네투스[1]는 경솔한 일에 몰두하지 말 것, 주술이나 악귀를 쫓는 미신을 믿지 말 것, 닭싸움 따위의 저급한 오락에 매달리지 말 것 등을 충고했다.

그의 충고를 좇아 나는 주위의 선한 언행에 귀기울였고, 철학을 가까이 하게 되었으며, 나중에는 바키우스Bacchius와 탄다시스Tandasis, 마키아누스Marcianus 등으로부터 가르침을 받게 되었다. 그리하여 나는 어려서부터 말과 생각을 글로 쓰는 법을 익혔으며, 그리스의 철학자들이 행했던 것보다 더 엄격한 자기 수련의 방법을 배울 수 있었다.

---

[1] 마르쿠스에게 처음으로 스토아 철학을 일깨워 준 철학자이자 화가.

7 루스티쿠스Rusticus[2]에게서는 마음을 수양하는 법을 배웠는데, 그는 공리공론을 꾸미거나 사변적인 회고록이나 쓰며 잘난 체하는 궤변론자들을 경계하라고 일렀다.

또 인격자인 양 자기를 내세우거나 과시를 위한 자선 행위, 혹은 수사학과 언어의 유희를 삼가고, 집 안에 있을 때에는 화려한 의상을 입지 말라고 충고해 주었다.

글을 쓸 때는 쉬운 문체로 써야 한다고 말했으며, 또한 언쟁을 벌이거나 무례하게 행동하여 사이가 나빠진 사람일지라도 그쪽에서 화해를 청한다면, 즉시 응해 줄 수 있는 너그러운 기풍을 가지라고 말했다.

아울러 독서를 할 때는 피상적인 이해에 만족하지 말고 내용을 정확하게 읽을 것, 말 잘하는 사람에게 쉽게 설득 당하지 않도록 경계할 것 등을 배웠다.

그는 또, 자신이 아끼던 장서 에픽테토스 Epictetus의 논설문 〈인생 강의〉를 내게 선물하여 기쁨을 안겨 주었다.

8 나는 아폴로니우스Apollonius[3]로부터 의지와 확고한 결심의

---

2) 마르쿠스의 친구. 스토아학파 철학자이며, 마르쿠스에게 법률을 가르쳤다.

진정한 가치를 배웠으며, 냉철한 의지 외에는 그 어떠한 것에도 의존하지 말아야 함을 깨달았다.

그는 불치병, 자식의 죽음 등 견디기 힘든 시련과 역경 속에서도 이성을 잃지 말아야 한다는 점을 역설했다. 또한 가장 격정적인 힘과 온전히 휴식할 수 있는 능력은 양립할 수 있음을 몸소 보여 주었다.

그는 철학상의 여러 원리를 해석함에 있어 자신의 경험과 학식은 극히 사소한 가치밖에 되지 않음을 명확히 자각하고 있는 사람이었다.

9 섹스투스Sextus[4]에게서는 사랑과 위엄으로 가정을 다스리는 법과 자연에 순응하며 사는 법, 자신을 다스리는 엄격함, 동료들에 대한 애정 어린 관심, 무지하고 무분별한 사고방식을 가진 이들에게 너그러운 관용을 베푸는 법 등을 배웠다.

섹스투스는 누구와도 쉽게 융화하는 성격으로 주위 사람들로부터 늘 두터운 존경을 받았다. 그는 또 실생활에 필요한 처세술을 터득하여 그것을 조직적인 형식과 질서에 맞추는 재능도 두루 갖추었다.

---

3)·4) 마르쿠스의 철학 교사.

그는 분노를 비롯한 어떠한 감정의 동요도 얼굴에 나타내지 않았으며, 항상 평온한 마음을 유지하고 모든 감정으로부터 초월해 있으면서도 매우 다정다감했다. 누군가를 칭찬할 때에는 과장이 없었으며, 단 한 번도 자신의 해박한 지식을 과시하는 일이 없었던 고매한 인격의 소유자였다.

10 문법학자 알렉산더Alexander[5]로부터는 남을 헐뜯는 행위는 그릇된 것임을 배웠다.

그는 누군가 비속어나 문법에 어긋난 문장을 사용할 때에도, 그것을 비난하거나 헐뜯지 말고 올바른 표현 방법을 암시하되, 그 방법은 직접적인 말이 아닌 그 사실에 관한 질문이나 답변 형식으로 할 것을 배웠다.

11 나는 프론토Fronto[6]를 통해 시기심이나 이중심리, 그리고 위선 등이 폭군의 일반적인 특징임을 알게 되었으며, 대체로 귀

---

[5] 그리스인으로 문법학자.

[6] 마르쿠스 코르넬리우스 프론토Marcus Comelius Fronto. 마르쿠스의 수사학 교사. 카토, 키케로 등과 대등하게 취급되었으며 그는 용어에 있어 문학상의 순수 어휘를 쓰는 키케로의 순수주의에 반대하여 일상어나 고시古詩를 다루어 새로운 표현 방법을 연구했다.

족 가문 출신들은 따뜻한 인간미가 결여되기 쉽다는 것도 알게 되었다.

12 플라톤학파의 알렉산더[7]는 내게 여러 면에서 모범이 되었다. 그는 시간이 없다는 말을 자주 하거나 쓸데없이 일 핑계를 대어, 주위 친지들에 대한 의무를 저버리거나, 우정과 인간관계를 등한시하는 오류를 범해서는 안 된다고 역설했다.

13 나는 스토아학파인 카툴루스Catulus로부터, 친구의 과실을 발견했을 때 무심히 내버려 두지 말고 그 본래의 성품으로 돌아갈 수 있도록 도와줄 것과, 늘 스승을 존경하고, 자녀들에게 진실한 사랑을 베풀 것 등을 배웠다.

14 나의 형 세베루스Severus[8]로부터는 친척을 사랑하고 진리

7) 마르쿠스의 비서.

와 정의를 실천할 것을 배웠다.

세베루스는 모든 사람에게는 똑같은 법칙이 존재한다는 것, 즉 평등의 권리와 언론의 자유에 기초한 국가관을 가르쳤으며, 통치자는 국민의 권익 옹호를 최대 관심사로 삼아야 한다는 것도 일깨워 주었다. 또한 철학에 대한 일관된 입장과 선행을 베푸는 것의 중요성을 배웠다.

모든 일에 명료한 그는 자신이 못마땅하게 여기는 사람에게도 일부러 감정을 숨기지 않았다. 그래서 친구들은 그에 대해 구구한 억측을 품을 필요조차 없었다.

15 막시무스Maximus[9]는 자제력이 뛰어난 사람으로 어떠한 경우에도 확고부동한 목표를 흩뜨리는 법이 없었다. 그는 몸이 아프거나 혹은 그 밖의 시련 속에서도 항상 밝은 표정을 지었고, 자신의 의지대로 말하고, 옳다고 판단되는 것을 묵묵히 실천하는 모습을 보여 주었다.

그는 다른 사람에게 악의를 품거나 범하는 일이 없었고, 놀라거나 두려움을 겉으로 드러내는 법이 없었으며, 당황하거나 실망

---

8) 클라우디우스 세베루스Claudius Severus. 마르쿠스에게는 형제가 없다. 그런데도 그를 형제라고 부른 것은, 세베루스의 아들과 마르쿠스의 딸이 결혼했기 때문인 것 같다.

9) 스토아학파의 철학자로 마르쿠스의 총애를 받았으며 집정관을 지냈다.

하지도 않았다. 또 거짓 웃음으로 고통을 포장하는 일도 없었고, 미심쩍은 일을 한 적도 없었으며, 자비와 덕행과 용서에 인색하지 않았고, 모든 거짓으로부터 자유로웠다.

그러한 그의 품성은 그가 수양을 쌓아서라기보다는 그 자신이 정의 자체로 태어났기 때문이라고 생각될 정도였다.

16

온화한 성품의 아버지[10]는 매사를 심사숙고하고, 한번 결정한 일은 단호하게 실행에 옮기는 불굴의 의지를 지닌 분이었다. 그는 노동을 사랑하고, 명예 따위는 구하지 않았으며, 국가의 이익을 도모하고, 남자로서의 욕망을 억제하고 인내할 것을 가르쳤다. 또한 상벌을 가함에 있어 그 공과에 따라 공정할 것과, 상황에 따라 준엄할 것인지 관용을 베풀어야 하는지 그 판단 기준으로, 경험이 소중하다는 것을 충고해 주었다.

아버지는 단 한 번도 자신이 다른 사람보다 우월하다고 생각하지 않았다. 그는 신하들에게도 식사 때나 멀리 출타할 때 갖추어야 할 절차의 번거로움을 면제해 주었고, 설사 그것을 소홀히 한다고 해도 늘 변함없이 관대했다. 아버지는 친구들과 오래 사귀고 또 그들을 보호했으며, 싫증을 내거나 지나치게 애정을 남발하는

---

10) 여기서의 아버지는 친아버지인 P. 안니우스 베루스를 가리키는 것이 아니라, 양아버지인 안토니누스 피우스 Antoninus Pius 황제를 뜻한다.

일이 없었다. 어떠한 경우에도 쾌활하게 행동하고, 모든 일은 미리 살펴 사소한 일이라도 빈틈없이 처리했으며, 세속적인 갈채나 아첨 따위에 흔들리지 않았다. 또한 대중 연설·법률·윤리학 등에 탁월한 재능을 지닌 인재들을 발굴하는 데 힘썼고, 그들에게 각자의 분야에서 명성을 얻을 기회를 주고자 노력했다.

또한 아버지는 국가 통치에 필요한 모든 일에 주의를 기울여 좋은 관리자가 되도록 힘썼으며, 정당한 행위로 인해 쏟아지는 비난에 대해서는 강인한 인내로 맞섰다. 그는 신神을 맹목적으로 신봉하지 않았으며, 공연한 선심을 베풀어 민중의 환심을 사지 않았고, 국민들을 위하는 척하면서 농락하는 일이 없었으며, 만사에 냉철함과 성실함으로 임했으므로 누구 앞에서나 당당했다. 반면 삶을 윤택하게 할 수 있는 행운이 주어지면, 주저 없이 그 방법들을 선택했다. 새로운 것을 얻게 되었을 때에는 어린아이처럼 천진난만하게 그 즐거움을 누렸으며, 그렇지 못할 때에도 자유로움을 느꼈다. 따라서 그 누구도 그런 그를 궤변론자나 뿌리 없는 이상론자라고 비난할 수 없었다. 오히려 원숙하고 완성된 인격의 소유자로서, 세상의 어떤 일도 성실하게 관리할 수 있는 사람이라고 인정했다. 그는 올곧은 철학자는 존경하는 반면 위선적인 철학자들은 가차없이 비난했다.

아버지는 건강에 많은 신경을 썼지만 그렇다고 해서 남달리 오래 사는 것에 연연하지는 않았으며, 외모에 대해서도 특별히 신경 쓰지 않았다. 또한 누구보다도 건강했기에 특별히 의사의 진료를

받을 필요가 없었다.

아버지에게는 비밀이 별로 없었다. 설혹 있다 해도 그것은 극히 드문 일로, 오직 국가의 안녕에 관한 것뿐이었다. 전시회나 관공서의 건축, 구호품 분배 따위의 행사를 주관할 때에도 항상 신중을 기했으며 그런 행사 뒤에 따르는 갈채나 영광에는 관심이 없었다. 또 정해진 시간 외에 목욕을 하는 일이 없었고, 화려한 저택을 짓는 일이나 먹는 음식, 입는 옷, 심지어 시중드는 여종의 미모에 대해서도 크게 관심을 두지 않았다.

그는 어떤 일을 행하거나 구상하더라도 늘 충분한 시간을 갖고 임했기 때문에 모든 일을 견실하고 질서 정연하게 처리할 수 있었다.

"많은 것을 소유하지 못하면 불안해하고, 많은 것을 소유하면 오만해지는 세상 사람들과 달리, 소유했을 때는 적절히 이용하고 그렇지 못할 때는 절제할 줄 아는 능력을 지녔다."

이 말은 소크라테스의 기록에 있는 것으로 그에게 꼭 들어맞는다. 자신의 의지력으로 절제와 향락을 다스릴 수 있다는 것은, 그만큼 그의 영혼이 건강하다는 것을 입증하는 것이리라. 그러한 인간의 모습을 나는 병석에 누운 막시무스에게서도 볼 수 있었다.

17 　나는 훌륭한 조부와 부모, 위대한 스승, 선량한 형제, 좋

은 벗들을 갖게 된 것에 대해 신에게 감사한다. 이들과 반목할 수 있는 기질을 지녔음에도 내가 누구와도 평화롭게 지낼 수 있었던 것은, 순전히 신의 은총을 입은 덕택이다. 또한 나는 한때 할아버지의 후처들 손에서 자랐는데, 그 기간이 짧게 끝나고 별다른 어려움 없이 성장할 수 있었던 것도 역시 신의 도움이다.

더불어 감사하고 싶은 것은, 하나밖에 없는 내 형제가 늘 곁에서 나를 각성시켜 주었으며 따뜻한 애정과 사랑으로 내 가슴에 온기를 불어넣어 주었다는 점이다.

내가 수사학이나 시, 기타 다른 학문에 깊이 빠져들지 않았던 것 또한 신의 은총이다. 만일 그러한 것들에 대한 연구가 쉽다고 느끼고 거기에 몰두했다면, 아마 많은 시간과 정열을 허비해야 했을 것이다.

나는 내 스승들의 높고 낮음을 나이가 아닌 능력을 기준으로 정했는데, 그렇게 하도록 지도해 준 것 역시 신이었다. 내가 아폴로니우스, 루스티쿠스, 막시무스 등과 사귈 수 있었던 것도, '자연스런 삶'의 참된 의미를 알게 된 것도 모두가 신의 은총이다. 신의 은총과 도움이 없었더라면, 나는 오늘날의 이 '자연스런 삶'에 도달할 수 없었을 것이다.

또한 내가 이렇게 오래 살 수 있었던 것도 신에게 감사해야 할 일이다. 그리고 베네딕타Benedicta나 테오도투스Theodotus 이후 별다른 연정에 연루되지 않은 것 역시 신의 은총이다. 루스티쿠스와는 자주 언쟁을 벌였지만 가슴에 회한이 남을 정도로 실수를 한

적은 없었다. 어머니가 일찍 돌아가신 것도 불행한 일이었지만, 돌아가시기 전 몇 년을 나와 함께 지낼 수 있도록 허락해 주신 것 역시 크게 감사드릴 일이다.

도움을 청하는 이들을 바로 도울 수 있는 능력이 내게 있었다는 점, 남에게 도움을 청할 필요가 없었던 점에 대해서도 늘 감사한다. 유순하고, 이해심 많고, 소박한 성격의 여자를 아내로 맞게 해 준 것에 대해서도 감사드린다. 또한 자식들을 훈육할 훌륭한 스승을 만나게 해 준 일, 내가 아팠을 때 꿈속에서 그 치료법을 일러 주었던 일 등에 대해서도 감사의 기도를 빠뜨릴 수가 없다.

마지막으로 내가 철학에 심취해 있으면서도 궤변론에 흔들리지 않았다는 것, 논리학·법학·자연과학 등의 탐구에 많은 시간을 허비하지 않게 해 주신 점에 대해서도 감사드린다. 이런 모든 축복은 하늘과 운명의 도움 없이는 불가능하기 때문이다.

인생에 대하여

제2장

쾌락으로 우리를 유혹하는 것들, 고통으로 우리를 위협하는 것들, 허영으로 우리를 혼란스럽게 하는 것들의 본성은 무엇인가? 그런 것들이 얼마나 천박하고 저급한 것이며, 얼마나 가치 없고 덧없이 사라지는가를 직시하라.

1 아침에 눈을 뜨면 먼저 스스로에게 말하라.

"오늘 나는 침착하지 못한 자, 배은망덕한 자, 사기 치는 자, 오만불손한 자, 제 이익에만 눈먼 자들과 만나게 될 것이다."

그들의 그런 행동은 모두 선과 악에 대한 무지에서 비롯되는 것이다. 그러나 나는 선의 고귀함과 악의 비굴함 양면을 모두 보고 있으며, 악인들의 일반적인 본성 또한 알고 있다.

우리와 똑같이 이성과 신성을 부여받았다는 점에서 보면 악인들 역시 나의 형제이다. 때문에 나는 그들에게 분노할 수 없으며 싸울 수도 없다. 왜냐하면 우리는 마치 두 손이나 두 발, 양쪽 눈썹이나 위아래 치아처럼, 태어나면서부터 서로 공존하고 있기 때문이다.

그러므로 서로 경계하고 증오한다는 것은 자연의 순리에 어긋나는 것이며, 분노와 질시는 서로에게 해가 될 뿐이다.

2 '나'는 무엇인가? 그것은 다만 보잘것없는 살덩어리와 한줄기 호흡, 그리고 이것들을 지배하는 이성, 그것이 나의 정체이다.

지금 읽고 있는 책은 던져 버려라. 더 이상 자신을 속이지 말라. 책은 당신을 구성하는 일부분이 될 수 없다.

죽음을 눈앞에 둔 사람처럼 당신의 육체를 무시하라. 육체를 이루는 피와 뼈와 신경 조직과 혈관을 잊어버려라. 호흡이란 한

가닥 공기에 불과하다. 항상 같은 공기가 아니라 매 순간 새로 들이마시고 토해 내는 공기일 뿐이다.

인간을 지배하는 것은 이성이다. 이 점을 상기하라!

사리사욕에 이끌려 이성을 노예로 만들지 말라. 꼭두각시처럼 반사회적인 행동에 자신을 얽아매고 조종당해서는 안 된다. 또한 오늘을 불평하고 내일을 한탄함으로써 스스로를 운명의 노예로 전락시키지 말라.

3 만물은 신의 섭리로 충만하다. 심지어 운명과 우연의 변화조차도 자연의 법칙에 해당한다.

우리 주위에서 일어나는 모든 일과 사물에는 반드시 필연이 존재하며, 그것은 우주의 섭리와 연계되어 있다. 당신 또한 그 우주의 일부분이다. 물론 전체의 자연이 초래하는 것, 그리고 자연을 근간으로 하는 모든 것들은 자연의 각 부분에 있어 유익한 것들이다. 우주는 갖가지 변화로 유지되며, 이것은 기본 원소의 변화뿐 아니라 그 원소들이 합성되어 이루는 보다 큰 형체들의 변화도 포함한다.

이같은 원리를 충분히 숙지하고 그것을 당신의 원칙으로 삼아라. 책에 대한 갈망을 버려라. 그리하여 비탄에 빠져 고뇌하는 일 없이 편안하게 신에 대한 감사를 느끼고 기쁘게 죽음을 맞이하라.

4 우리는 오랜 세월 동안 신으로부터 수없이 많은 은총을 받아 왔다. 다만 그것을 알아차리지 못하고, 이용하지 못했을 뿐이다. 지금이야말로 당신 안에 있는 우주의 본성과 당신을 조종하는 지배자의 존재를 깨달을 때이다.

또한 당신에게 주어진 시간에 한계가 있음을 기억하라. 그리고 그 시간을 당신의 지혜를 증진시키는 데 활용하라. 그러지 않으면 그 시간은 영원히 사라져 다시는 돌아오지 않을 것이다.

5 매 순간 로마인의 한 사람으로서, 또한 하나님의 자녀로서 자신에게 닥쳐올 모든 일을 정확하고 공정하게, 그리고 위엄과 사랑으로 행하겠다는 결심을 새롭게 하라.

또한 여러 가지 잡념으로부터 벗어나도록 노력하라. 지금 이 순간을 마치 생의 마지막 순간인 것처럼 행동해야만 모든 잡념으로부터 해방될 수 있다. 온갖 위선과 경솔함, 이성의 명령에 대한 감정적인 반항, 자기 과시, 자신의 운명에 대한 불평불만을 떨쳐 버려야만 스스로를 위로하고 안정을 되찾을 수 있다.

신들의 경건한 생활처럼, 매일매일 고요 속에서 생활하기 위해 명심해야 할 것은 아주 사소한 것들에 불과하다. 신은 우리에게 그렇게 많은 것을 요구하지 않는다.

6 　당신의 영혼을 너무 학대하고 있지는 않은가? 그렇다면 머지않아 당신 자신을 존중할 기회조차 사라져 버리고 말 것이다.

　모든 인간의 생명은 영원하지 않으며 그것마저도 끝나 가고 있다. 그런데도 당신은 스스로를 존중하지 않고, 오히려 타인의 영혼에 자신의 행복을 의탁하고 있다.

7 　당신은 주위에서 일어나는 온갖 복잡한 일들로 인해 마음이 혼란스러울 것이다. 그렇다면 우선 조용한 사색의 시간을 마련하여 선에 대해 다시 한 번 차근차근 생각해 보고, 혼란에 대한 초조감을 불식시켜라. 그리고 또 다른 오류에 대비하라. 왜냐하면 당신은 많은 일을 하느라 이미 지쳐 있기 때문에 그 어떤 노력도, 지향할 목적도 세우지 못할 수가 있는데, 이것처럼 어리석은 일도 없기 때문이다.

8 　다른 사람이 무슨 생각을 하고 있는가에 대해 무관심하다고 해서 불행해지지는 않는다. 그러나 자신의 마음속 움직임에 주의를 기울이지 않는 사람은 반드시 불행해진다.

9 항상 이것만은 가슴속에 간직하고 있어야 한다.

즉, 우주의 본성은 무엇이며, 나의 본성은 무엇인가? 또한 이 둘은 서로 어떤 관계가 있는가? 나는 어떤 것의 일부분이며, 또한 어떤 것의 전체가 되는가?

나는 자연의 일부이며, 자연을 좇아 말하고 행동하는 것을 방해할 자는 이 세상에 아무도 없다는 사실을 상기하라.

10 인간의 여러 가지 죄악을 비교 연구한 테오프라스투스 Theophrastus는 이렇게 말했다.

"욕망으로부터 비롯된 죄는, 분노로 인해 저질러진 죄보다 더 비난받아야 마땅하다. 왜냐하면 분노로 인한 흥분은 어느 정도의 고통과 양심의 가책을 느끼게 되지만, 욕망으로부터 생겨난 죄는 쾌감에 의해 좌우되는 것으로 훨씬 무절제할 뿐 아니라 나약함에서 온 것이기 때문이다."

이 주장은 경험과 철학이 뒷받침해 주고 있다. 이는 고통에 의한 죄는 어떤 부당한 처사에 대해 자신도 모르는 사이 자제력을 잃은 것이고, 쾌락에 따른 죄는 욕망에 대한 일시적인 충동이 악을 행하도록 자극한 것이라는 뜻이다.

11 만일 신들이 실제로 존재하지 않거나, 존재하되 인간의 일에는 도통 관심이 없다면, 신들도 신의 섭리도 없는 이 생활이 무슨 의미가 있겠는가? 그러나 신들은 분명 존재하고, 또 그들은 인간 세계를 다스린다. 또한 인간이 악의 구렁텅이에 빠지지 않도록 온갖 수단과 방법을 부여해 주었다.

그렇다면 인간을 악하게 만드는 것은 무엇인가? 대자연이 이같은 위험을 간과할 만큼 무지할 리 없으며, 혹 그렇다 해도 그것을 예방하고 교정할 능력은 충분할 것이다. 또한 우주가 능력 부족을 이유로 선과 악, 선인과 악인을 대치시키지는 않았을 것이다.

분명 생과 사, 명예와 치욕, 부와 빈곤, 쾌락과 고통 등은 선인이나 악인 모두에게 올 수 있는 것들이다. 그러나 이런 것들은 인간을 격상시키지도, 격하시키지도 않는다. 따라서 선도 아니며 악도 아닌 것이다.

12 만물은 얼마나 쉽게 소멸하는가? 육체는 우주 속으로, 기억은 시간 속으로 순식간에 사라지고 만다. 이렇듯 모든 사물이 생겨나고 사라지는 그 본질은 무엇인가?

쾌락으로 우리를 유혹하는 것들, 고통으로 우리를 위협하는 것들, 허영으로 우리를 혼란스럽게 하는 것들의 본질은 과연 무엇인가? 우리는 그런 것들이 얼마나 천박하고 저급한 것이며, 얼마나 가치 없고 덧없이 사라지는가를 직시해야 한다. 우리는 그럴 듯한 말과 주장을 통해 명성을 구축한 사람들의 진가를 판별할 줄 알아야 하며, 또한 죽음의 본질을 꿰뚫어 봐야 한다.

우리가 죽음에 대해 진지하게 사색하고 막연히 떠오르는 공포심을 제거한다면, 죽음이란 하나의 자연 현상에 불과하다는 것을 깨닫게 될 것이다. 아니, 오히려 자연의 끝없는 번영과 순환을 위해 반드시 필요한 과정임을 인식하게 될 것이다.

13 세상에서 가장 불행한 일은 신들의 창조물을 모두 이해하고자 하는 행위일 것이다. 땅속 깊숙한 곳까지 찾으려 들고, 다른 사람의 비밀을 훔쳐보기 위해 기웃거리고 공상하는 사람들. 그런 사람들은 자기 마음속에 있는 성스러운 이성에 관심을 갖고, 그 영혼을 충실히 섬기는 것이야말로 자기에게 꼭 필요한 일이라는 사실을 알지 못한다.

자신의 수호신인 이성을 섬긴다는 것은, 자신에게 닥치는 모든 일의 욕망을 떠나 순결함을 보존하는 것을 말한다. 신의 행위는 그 우월성으로 인해 존경받아 마땅하고, 인간의 행위는 사랑과 인류의 평화를 위해 호의적으로 받아들이는 것이 마땅하다. 또한 선과 악을 모르는 인간의 무지는 흑백을 가리지 못할 만큼 가련한 상태이기 때문에 동정받아 마땅한 것이다.

14 　당신이 만약 3천 년, 혹은 3만 년을 산다 해도 잃는 것은 현재 당신이 영위하는 순간의 삶이며, 소유할 수 있는 것도 지금 그 순간의 삶임을 명심하라. 그것이 긴 인생이든 짧은 인생이든 마찬가지이다. 지금 우리를 스쳐 지나가는 이 순간은 만인에게 공통된 소유물이며, 잊혀지는 것 또한 한순간이기 때문이다.

　인간은 과거나 미래를 잃을 수 없다. 왜냐하면 현재 갖고 있지 않은 것을 잃거나 빼앗길 수는 없기 때문이다. 어떻게 갖지도 않은 것을 잃어버린단 말인가! 그러므로 다음의 두 가지를 명심해야 한다.

　첫째, 영원으로부터 전해지는 만물은 윤회輪廻를 거듭하는 것이어서 설사 당신이 그 순환을 100년, 200년, 아니 무한 세월을 두고 본다 하더라도 아무런 차이도 없다.

　둘째, 가장 오래 산 사람이나 태어나자마자 죽은 사람이나 죽는다는 사실에는 변함이 없다. 왜냐하면 인간이 상실할 수 있는 것은 현재뿐이기 때문이다. 소유하지도 않은 것을 잃는 사람은 아무도 없다.

15 　일찍이 모니무스Monimus는 갈파했다.

　"모든 사물은 그 사물에 대해 인간이 갖는 견해, 즉 관념에 의해 결정된다."

설령 반론이 있다 할지라도, 이 말의 진리에 해당되는 부분을 교훈으로 받아들인다면, 어느 정도의 가치는 발견할 수 있다.

16 인간의 이성이 스스로를 해친다는 것은 이성이 이성 자체를 손상시키는 것이다. 즉, 우주의 한 종양이 되는 것으로, 자연의 한 부분에 속해 있으면서 그러한 환경과 투쟁하는 것은 우주를 향한 반란이기 때문이다.

자연은 개별적인 것들의 모든 본성을 내포하고 있다. 이성이 스스로를 상처 입히는 두 번째는, 어떤 사람을 배격하거나 악의적으로 반목하는 경우이다. 세 번째는, 이성이 쾌락이나 고통으로 인해 자제력을 잃는 경우이며, 네 번째는, 일을 행함에 있어 성실성 없이 건성으로 움직이는 경우이다. 마지막으로는 이성이 이렇다 할 목표도 없는 상태, 즉 어떤 사고나 분별력 없이 무모하게 정력을 쏟아 붓는 경우이다.

아무리 사소한 일일지라도 목표를 세우고 실천에 옮겨야 한다. 가장 합리적인 사고력을 가진 인간만이 그 목적을 가질 수 있으며 그것은 곧 정치, 법률 및 이성에 따를 때에만 가능하다.

17 무한한 시간 속에 한 인간이 차지하는 인생이란 순간에 불과하며, 그의 존재는 끊임없이 윤회한다. 또한 그의 깨달음은 우둔하고 혼탁하며, 그의 육체는 이내 썩어 없어질 운명을 지니고 있다. 운명은 전혀 예측할 수 없고, 영혼은 한줄기 회오리바람과 같다.

다시 말해 육체에 속한 모든 것은 굽이치는 물결이고, 영혼에 해당하는 것은 꿈과 환상과 신기루에 지나지 않는다. 삶은 하나의 전투이며, 후세에 남는 명예란 망각일 뿐이다.

그렇다면 이 무기력한 인간을 깨우치고 인도할 힘은 과연 어디에 있는가? 그것은 오직 하나, 바로 철학이다. 그렇다면 철학자가 된다는 것은 무엇을 의미하는가?

그것은 자기 정신과 영혼 속에 신성을 안치시키고, 그것을 모독하거나 해치는 일 없이 욕망과 쾌락을 초월하여 행동하고, 거짓과 위선을 행하지 말며, 행동이나 의사에 흔들림이 없는 것이다.

또 정해진 모든 운명이 자신과 같은 원천에서 나온 것임을 자각하고, 무엇보다 모든 생물이 그 구성 분자로 환원하는 것에 불과한 죽음마저도 인정하고 받아들일 수 있어야 한다. 죽음은 각 생물을 구성하고 있던 원소의 분해 작용이다. 그것은 자연의 한 현상이고, 자연에 종속되어 있는 것이므로 두려움 없이 받아들여야 한다.

운명에 대하여

제3장

인간의 삶은 순간에 불과하며, 각자가 영위하는 지상의 공간 역시 비좁기만 하다. 생명은 지구의 한구석에 숨어 사는 보잘것없는 난쟁이에 불과하며 그것도 곧 꺼져 갈 것이다. 그리고 가장 뒤늦게까지 이곳에 머물 사후의 명성 역시 짧고 허망하다.

1 우리의 생명이 나날이 꺼져 간다는 사실 외에 또 다른 사실 하나를 간과해서는 안 된다. 즉, 어떤 사람의 생명이 얼마간 더 연장된다 하더라도 과연 사고력이나 이해력이 그대로 남아서 사물을 뚜렷이 식별하고, 신과 인간을 이해하는 데 필요한 사색 능력을 계속해서 유지할 수 있느냐 하는 것이다.

노령기에 접어들더라도 신체적 배설 작용이나 식욕, 상상력 등에는 크게 이상이 따르지는 않는다. 그러나 자신의 능력을 발휘하는 힘, 의무를 정확하게 수행하는 힘, 주변에서 일어나는 모든 문제를 판단하는 힘, 최후의 순간을 분별하는 힘 그리고 그동안 숙련시킨 이성의 기능은 쇠퇴하기 마련이다.

그러므로 서두르지 않으면 안 된다. 우리는 매일매일 죽음을 향해 걸어가고 있으며, 동시에 사물에 대한 개념이나 이해력은 점점 쇠약해져 가고 있기 때문이다.

2 기억해야 할 것은, 자연의 섭리에 의해 일어나는 모든 현상 속에는 신의 은총이 숨어 있다는 사실이다.

예를 들어 오븐에 빵을 구울 때 빵의 표면이 갈라지는 현상이 나타나는데, 이것은 기술적으로 의도한 바는 아니지만 일종의 아름다움으로서 식욕을 돋우어 준다. 또한 잘 익어 벌어진 무화과, 썩기 직전의 올리브도 아름다움을 한층 더한다. 고개 숙인 벼 이

삭, 사자가 인상을 쓸 때 생기는 주름, 멧돼지의 콧김……. 그 자체만 놓고 보면 그다지 좋아 보이진 않지만 이 역시 자연의 또 다른 과정으로서 독특한 아름다움을 지닌 것들이며, 우리는 그러한 것들에서 삶의 희열을 느끼게 된다. 이와 같이 우주의 신비로운 활동으로 생성된 모든 것들을, 깊은 통찰력과 애정 어린 시선으로 바라본다면 무엇 하나 즐겁지 않은 것이 없다.

자연의 아름다움을 즐길 줄 아는 사람은, 맹수의 으르렁거리는 입을 볼 때에도, 화가나 조각가의 작품을 보듯 찬탄의 눈으로 바라볼 것이며, 청춘 남녀 사이에 감도는 열정적인 사랑뿐 아니라, 나이 들어 쭈글쭈글해진 노인의 주름살에서도 일종의 원숙한 아름다움을 찾아낼 수 있을 것이다. 물론 모든 사람이 그런 모습에서 매력을 느끼는 것은 아니다. 자연과 그 자연의 산물에 대해 진실로 애착을 갖고 바라보는 사람만이 깊은 감명을 느끼게 되는 것이다.

3 히포크라테스Hippocrates[1]는 많은 사람들의 병을 치료해 주었지만 정작 자신은 병에 걸려 죽었다. 칼데아Chaldea의 점성술사 역시 많은 사람의 죽음을 예언했지만 정작 자신의 운명은 알지 못

---

[1] B.C. 460~355. 고대 그리스의 의학자로 실증 위주의 과학적 의학을 수립해 의학의 아버지라 불린다. "인생은 짧고 예술은 길다"라는 명언을 남겼으며, 체액설體液說을 주장하였다.

했다. 폼페이우스, 시저, 알렉산더는 수많은 도시를 함락하고 수십만의 기병과 보병들을 죽였지만, 결국 그들도 죽고 말았다. 헤라클레이토스Heraclitus[2]는 불로 이루어진 우주에 대해 끊임없이 명상을 거듭했으나, 자신은 수종에 걸려 물이 가득 찬 몸뚱이로 죽어 갔다. 데모크리토스Democritus[3]는 이蝨 때문에 죽었고, 소크라테스Socrates는 처형당했다. 그렇다면 이 사실들은 무엇을 의미하는가?

당신은 이미 배에 올라탔다. 항해는 시작되었고, 당신은 지금 피안에 도착해 있다. 이제 그만 하선하라. 만약 당신이 또 다른 저승의 세계로 들어가는 것이라면 그곳에도 마찬가지로 신들이 존재할 것이다. 이때 배는 이승에 머무는 형체, 즉 육신을 말하고, 배에서 내림은 그 육신과의 이별을 의미한다.

당신은 결국 무감각의 상태로 돌아갈 것이다. 이미 고통이나 쾌락에 사로잡혀 있지 않고, 또한 육신이라는 형체에 갇힌 노예 상태에서도 벗어나 있을 것이다.

형체라는 것은 영혼의 우월함에 비하면 매우 저급한 것이다. 영혼은 지혜이며 이성이고 신성인 데 반해, 형체인 육신은 흙이며 부패腐敗이기 때문이다.

---

2) B.C. 540~475. 그리스의 철학자·비판자. 이오니아학파의 대표자. 헤시도스·피타고라스 등을 매도하여 고독한 생활을 했는데, 그가 쓴 잠언풍의 문장이 매우 난해하여 '어두운 사람'이라 일컬어진다. 불을 우주의 근원으로 보았고, 만물은 모두 유전流轉한다고 하였다. 로고스에 따르는 생활이 최고의 생활이라 주장하였으며 스토아학파에 영향을 주었다. 단편 중 130여 편이 현존한다.

3) 그리스의 철학자. 플라톤 후기부터 알려져 아리스토텔레스 때에 중요시 된 인물. 우주는 무한한 원자들의 다양한 결합으로 형성되었다는 원자론을 주장, 근세 물리학의 발전에 결정적인 영향을 주었다.

4 국가나 사회에 이익이 되는 일이 아니라면 굳이 다른 사람의 일에 신경을 쓸 필요가 없다. 그가 무슨 생각으로 그런 말을 하는지, 어떠한 목적을 이루려고 하는지 등 잡다한 사념에 사로잡히다 보면 다른 일을 할 수 있는 많은 기회를 잃게 된다. 즉, 자기 내면의 '통치자'에 대한 충성심을 분산시키는 역효과를 내게 되는 것이다.

마음속의 잡념을 없애기 위해서는 떠오르는 여러 가지 생각들을 지우고, 맹목적이며 단순한 호기심에 의한 감정 따위에 휩쓸리지 않도록 조심해야 한다. 그리고 누군가 갑자기 "당신은 지금 무슨 생각을 하고 있는가?"라고 물었을 때에도, 정확하게 "나는 이런 생각을 하고 있다"라고 대답할 수 있도록 항상 사고하는 습관을 길러야 한다.

욕망과 쾌락으로 괴로워한다거나 시기와 질투, 경쟁심 따위를 갖는 일 없이, 언제든 마음속의 것을 말해야 할 때 얼굴 붉히지 않을 수 있는 것들만 생각해야 한다. 그래야만 당신은 말과 행동에 당당해지는 것이다. 이런 사람이 보다 높은 이상을 갈망하기로 마음먹는다면 그야말로 신의 사제요, 종복이 될 것이다. 왜냐하면 그는 쾌락에 의해 더럽혀지지 않고, 어떤 고통에도 능욕당하는 일 없이 자신의 본성을 유지할 수 있는 내면의 힘을 가졌기 때문이다.

그런 사람이야말로 가장 당당하고 숭고한 싸움의 투사이며, 일체의 격정에 휘말리지 않고 운명에 할당된 것을 유유히 누리는 자이다. 그는 정의감에 불타 있으며, 자신에게 닥쳐올 운명을 기꺼이 받아들이고 주위의 온갖 사념으로부터 자유롭다.

그는 우주라는 직조물 속에서 자기 자신만의 특정한 실을 찾아내어 자신의 관심사에서만 능력을 발휘한다. 또한 자신의 행동이 명예로운 것이 되도록 항상 노력하며, 자신에게 일어나는 일은 모두 유용한 것이라고 확신한다. 왜냐하면 그를 이끄는 운명은 보다 높은 곳에서 지시를 받고 있기 때문이다. 그는 모든 인간이 자신의 동료이며, 그들을 생각하고 돌보는 것이야말로 인간으로서의 당연한 의무라는 것을 잊지 않는다.

또한 자신이 추구해야 하는 것은, 세상 사람들의 평판이나 여론이 아니라 자연의 원리에 순응하며 살아가는 선인의 길이라는 것을 잊지 않는다. 반면 자연에 순응하며 살지 못하는 사람들에 대해서는 '집 안팎에서의 생활은 어떠한가, 밤과 낮의 생활은 어떠한가, 인품은 어떠한가, 어떤 종류의 인간이며, 또 친구들과 어울려 올바르지 못한 삶을 살고 있지는 않는가' 등을 항상 염두에 두고 있다. 그런 사람들은 스스로에게조차 만족하지 못하는 사람들이므로, 그는 그들의 찬사 따위에는 아랑곳하지 않는다.

5 마음에서 우러나는 행동을 하되 항상 공공의 이익을 감안하라. 충분히 숙고하여 움직이되 감정 속에 가식과 지나친 세련을

가미하지 말라. 말 많은 사람이 되지 말 것이며, 자신과 무관한 일에 연루되어 스스로를 망치지 말라. 자기 내면의 신으로 하여금 남자답고 성숙한 개체, 로마 시민, 정치가, 국가 지도자로서의 직분을 지키는 데 최선을 다하게 하라. 그리하여 인생이라는 전쟁터에서 퇴각 명령을 기다리며 자신의 위치를 고수하되, 결코 죽음을 두려워하지 말라. 자기 입으로 공적을 말하거나 남이 그 공적을 알아주기를 바라지 말라. 외부의 도움을 청하지 말고, 타인에게서 마음의 평정이나 위안을 바라서도 안 된다. 반드시 스스로 일어서야 하며 절대 타인의 부축을 받아서는 안 된다.

6　만일 당신이 정의·진리·절제·강직·용기보다 더 훌륭한 것을 만나게 된다면, 즉 이성에 따라 행동하는 데서 오는 마음의 평화보다 더 좋은 것을 만나게 된다면, 당장 그것에 온 정신을 쏟고 그렇게 함으로써 누릴 수 있는 쾌감을 향유하라.

그러나 만일 당신의 내면에 머물면서 온갖 욕망을 조절하고, 인생 전부를 정밀하게 비판 검토하며, 신에게 귀의하여 인류를 염려하는 그 신성보다 나은 것이 하나도 발견되지 않는다면, 당신은 그 어떤 것도 추종해서는 안 된다.

만약 다른 방향으로 향하게 되면, 본래 당신의 소유인 선함에 몰두할 수 없게 된다. 대중의 칭찬이나 권력, 부나 쾌락 따위도 당신의 합리적이고 선한 이성에는 미칠 수 없다. 물론 얼마 동안은 그것들이 잘 순응하는 듯 보이겠지만, 실제로는 순식간에 지배력을 얻어 우리를 압도해 버리고 만다.

지금 당장 당신이 가장 고귀하다고 믿는 이상을 선택하여 그것에 몰두하라. 그리고 최후까지 그것을 고수하라!

7 무리하게 약속을 깨뜨리거나, 자존심을 잃게 하거나, 타인을 증오케 하거나, 의심케 하거나, 저주케 하거나, 위선을 행하게 하는 모든 욕망으로부터 얻어지는 이익을 중요시하지 말라. 마음속 신성을 존중하는 사람은 꾸밈이 없고, 불평하지 않으며, 쓸데없는 고독을 자초하지 않고, 대중과 휩쓸리는 일은 바라지 않는다. 또 무엇보다도 죽음을 두려워하지 않는다.

그는 그렇게 함으로써 자신의 영혼이 육체 안에 깃들어 있는 시간에 대해서도 초조해하거나 안타까워하지 않는다. 가령 지금 당장 세상을 떠나야 한다고 해도, 그는 보통의 일상적인 일을 행하는 것처럼 태연하게 죽음을 맞이할 것이다.

또한 그의 유일한 관심사는, 일생 동안 자신의 이성이 문명사회의 지적·사회적 동물로서의 본령을 벗어나지 않도록 조심하는 것뿐이다.

8 부단히 단련되고 정화淨化된 인간의 정신 속에는 부패된 것이나 부정한 것, 상처 따위는 발견되지 않는다. 또한 운명은 그러한 인간의 생명을 완성하기도 전에 회수하지 않는다. 그것은 배우가 연기를 다 끝내지 못한 채 무대를 내려가는 것과 같다.

뿐만 아니라 그의 마음속에는 추호의 비굴함도, 허식도 없으며, 남에게 의지하지도 않고, 남을 멀리하지도 않는다. 다른 사람에게 비난을 살 일도, 숨을 곳을 찾을 필요도 없는 것이다.

9 스스로 독자적인 의견을 만들어 낼 수 있는 당신의 능력을 존중하라. 당신의 이성은 그것이 있어야만, 자연과 인간의 이상적인 본성에 위배되는 관념의 창출을 중지할 수 있다. 또한 경솔한 판단을 금지시키고, 훌륭한 인간관계를 유지할 수 있으며, 나아가 하늘의 의지에 순종할 수 있게 된다.

10 인간은 쏜살같이 지나가는 현재의 이 순간 속에서만 존재하는 것이다. 나머지 인생은 그저 사라져 버렸거나 아니면 아직 불확실할 뿐이다.

이같은 인간의 삶은 순간에 불과하며, 각자가 영위하는 지상의

공간 역시 비좁기만 하다. 생명은 지구의 한구석에 숨어 사는 보잘것없는 난쟁이에 불과하며, 그 생명도 곧 꺼져 갈 것이다. 그리고 가장 뒤늦게까지 이곳에 머물 사후의 명성 역시 짧고 허망하기는 마찬가지이다. 그리고 이것을 이야기하는 사람들도 언젠가는 죽고 만다. 또한 그들은 자신의 일조차 알지 못하는 가엾은 족속이므로, 이미 과거에 죽은 사람들의 일 따위를 알 리가 없다.

11   어떠한 대상이 당신의 마음속에 들어왔을 때, 그것에 대한 정신적 정의를 내리거나 적어도 그 윤곽만큼은 파악해야 한다.

그것이 어떤 종류의 사물이며, 그 본성과 실제적인 모습, 그것을 이루는 원소의 정체, 그 원소가 분해되고 다시 환원하는 과정을 확인하라. 당신 혼자의 힘으로 말이다. 왜냐하면 인간이 자신

의 이성을 발전시키는 데 있어 매우 유효한 방법은, 삶을 통해 제시되는 하나하나의 대상을 면밀히 검토하고 음미하는 것이기 때문이다. 그리고 여러 사물을 관조함에 있어 다음의 사실을 염두에 두지 않으면 안 된다.

즉 전체로서 이 우주는 어떤 성질을 가지고 있는가? 우주 가운데 나타나는 사물의 효용 가치는 어떤 것인가? 각각의 사물이 전체에 관련해 갖는 가치는 무엇인가? 또 세계의 모든 도시를 내 집처럼 포용하는 로마의 한 시민으로서의 당신에게 각 사물과 인간은 어떤 의의를 가지는가? 각 사물의 본체와 그 구성은 어떠한가? 혹은 그 성질을 얼마나 오래 지속할 수 있는가? 또한 나는 어떤 덕성을, 예를 들면 부드러움, 강직함, 정직, 진실, 충성, 만족 중 어떤 것을 가져야 할 것인가?

어떤 경우이든 인간은 이렇게 말하지 않으면 안 된다. 이것은 신에 의한 것이다. 혹은 운명이 부여한 것으로 복잡한 거미집의 줄 한 가닥과 같은 우연의 일치일 뿐이다. 그러므로 우리는 이 모든 것을 자연의 법칙에 따라 관용과 정의를 갖고 신의로써 대해야 한다.

12 한순간도 이성을 잃지 않도록 경계하며, 언제라도 자신의 신성을 반환하지 않으면 안 될 것처럼 항상 정신을 순수하게 유지

하면서 매사에 열정적으로 임하라.

무엇을 기대하거나 두려워하지 말고, 단지 자연의 본성에 따라 순응하며 임무를 이행하고 모든 언행에 있어 진실을 추구해 나간다면, 당신의 인생은 행복해질 것이다. 또 이 세상 어느 누구도 당신을 방해하지 못할 것이다.

13 의사들이 위급한 환자를 위해 늘 진료 도구를 준비해 놓듯이, 당신도 신과 인간의 이해를 얻기 위해 늘 당신만의 원칙을 갖고 있어야 한다.

아무리 보잘것없는 행위일지라도 항상 이 점을 명심하라. 왜냐하면 인간에 관한 그 어떤 일도 신의 섭리를 벗어나 수행될 수 없으며, 그 반대의 경우도 마찬가지이기 때문이다.

14 더 이상 당신 자신을 그릇된 길로 인도하지 말라. 그렇게 되면 지나간 로마인이나 희랍인의 전설적인 기록들, 노년에 읽기 위해 간직해 둔 훌륭한 저작들도 더 이상 읽지 못할 것이다.

이제 종말을 준비하라. 무익하고 나태한 희망을 버려라. 그래도 자신을 아끼는 마음이 조금이라도 남아 있다면, 아직 그 능력이 남아 있을 때 건강을 돌보면서 눈앞의 일들을 서둘러 마무리 짓도록 하라.

15 사람들은 '훔치거나', '씨앗을 뿌리거나', '무엇을 사거나', '평화로워지는 것', 혹은 '어떤 일에 대한 의무'와 같은 말들의 의미를 제대로 알지 못한다. 그것은 전혀 다른 종류의 통찰력에 의해 파악되기 때문이다.

16 인간의 육체는 감각을 위해 존재하고, 영혼은 행동의 욕망을 위해 존재하며, 이성은 모든 기능과 원칙을 위해 존재한다. 감각, 즉 외관에 의해 여러 가지 형태의 개념을 파악하는 능력은 가축들에게도 있다. 욕정의 충동에 이끌리는 것은 야수에게도, 동성애자에게도, 네로Nero나 팔라리스Phalaris[4] 같은 자들에게도 있다. 또한 이성은 신을 부정하고, 조국을 배반하고, 온갖 불결한 행위를 일삼는 자들에게도 동등하게 부여된 것이다.

이와 같은 것은 모든 사람에게 공통된 것이나, 선인에게는 그만

---

[4] B.C. 6세기경 시칠리아의 아크라가스를 통치했던 정치가로 비인간적이며 잔인하기로 악명이 높았던 인물. 그는 포로를 놋쇠로 만든 황소에 넣고 불태워 죽였는데 그 첫 번째 희생자가 바로 황소를 만들었던 페릴루스였다.

의 독특한 것이 따로 존재한다. 그것은 운명이 예비해 놓은 모든 경험들을 기꺼이 받아들이며 그것에 만족하는 것이다. 또한 마음속에 깃든 신성을 모독하거나, 옳지 못한 온갖 관념들로 인해 마음을 어지럽히거나 방해하지 않으며, 진리에 벗어난 일은 일체 관여하지 않고, 또한 정의와 대립되는 일은 절대 하지 않는 것이다.

그리고 단순하고 소박한 삶을 살아간다는 이유로 남들이 불신하더라도, 절대 분노하지 않으며, 자신의 운명이 다할 때까지 조금도 흔들림 없이 나아간다. 그리하여 생과의 작별을 주저하지 않고, 운명이 정해 준 수명과 완벽하게 조화를 이루는 것이다.

죽음에 대하여

제4장

생의 기간에 가치를 두지 말라. 오직 그 뒤에 놓인 무한의 시간과 앞으로 올 영원만을 직시하라.

진리가 이러할진대, 어린애가 영원 속에서 사흘밖에 살지 못하는 것과 3대에 걸쳐 산다는 것이 무슨 차이가 있겠는가?

1 인간을 다스리는 내면의 힘이 자연의 순리를 따르고 있다면, 그것은 항상 환경에 의해 생기는 기회와 가능성에 쉽게 순응할 것이다. 그 힘은 특정한 재료를 요구하지 않고, 다만 정해진 목표를 이루기 위해 기꺼이 타협할 것이다.

그 힘은 앞을 가로막는 장애물도 전환시켜 자신에게 유익한 재료로 삼는다. 그것은 마치 던져진 장작더미를 집어삼키는 모닥불과 같다. 작은 불꽃이라면 이내 꺼져 버리겠지만, 강한 불일 경우에는 그 물체를 사르고 이로 인해 불꽃은 더욱 크게 타오르는 것이다.

2 어떠한 행위도 뚜렷한 목적 없이 아무렇게나 해서는 안 되며, 그 일을 수행하는 데 꼭 필요한 원리 원칙을 무시해서도 안 된다.

3 많은 사람들이 시골이나 바닷가, 또는 깊은 산중에 은둔해 살기를 바란다. 당신 역시 이런 욕망을 갖고 있을 것이다. 그러나 이런 것은 지극히 평범한 사람들에게만 필요한 것일 뿐, 철학을 실천하는 사람에게는 부질없는 짓이다. 왜냐하면 그는 자신이 원

하기만 하면 언제든 그 자신 속으로 은둔할 수 있기 때문이다. 이 세상에 자기 자신의 영혼 속보다 더 조용하고 평온한 은신처는 없다.

특히 정신적인 여유를 갖고 있는 사람은, 조금만 노력하면 즉시 마음의 평온을 유지할 수 있다. 마음의 평온이란 잘 정리된 정신과 같다. 마음속으로의 은둔을 자주 활용하여 스스로를 쇄신시켜라. 또한 삶의 원칙들은 지극히 간결하면서도 모든 기본적인 것들을 포괄하는 것이어야 한다. 그렇게 되면 그 원칙들을 떠올리는 것만으로도 영혼은 즉시 정화될 것이며, 아무런 불평불만 없이 스스로 돌아가야 할 곳으로 갈 수 있게 되는 것이다.

당신의 불만은 대체 무엇인가? 인간들의 사악함인가?

그렇다면 이성을 지닌 모든 동물은 서로 돕기 위해 창조되었다는 원리를 상기하라. 인간은 고의적으로는 악행을 범하지 않으며, 서로 참는 것이 곧 정의이다. 수많은 사람들이 품었던 적개심·증오·의심·원한·갈등 등을 상기해 보라. 그런 것들을 품었던 인간은 이미 먼지나 재와 더불어 사라져 버리고 없지 않은가!

우주로부터 할당된 당신의 위치가 너무 작아서 불만인가?

그렇다면 지고지순한 섭리가 아니면 단 한 개의 원자도 존재하지 않는다는 명제를 다시 한 번 상기하라. 그리고 더 이상 불평하지 말고 침묵하라.

질병이 당신을 괴롭히는가?

그렇다면 이성을 육체와 분리하여 그 스스로의 힘을 인식하고,

육체의 호흡이 순조롭든 거칠든 아무런 관계가 없음을 상기하라. 즉, 고통과 쾌락에 대해서는 그동안 당신이 배우고 받아들인 모든 것을 떠올리면서 괴로워하지 말고 침묵하라.

명성이라는 괴물이 당신을 괴롭히는가?

그렇다면 보라, 세상의 모든 사물은 얼마나 빨리 잊혀지는가! 그리고 현재의 앞뒤로 펼쳐진 영원이란 심연을 상기하라. 갈채의 메아리는 얼마나 공허하고, 열광하는 자들은 또 얼마나 무분별하고 변덕스러우며, 그 찬사가 미치는 공간은 얼마나 협소한가? 이 세계는 단지 하나의 점에 불과하며 우리가 사는 곳은 그 점 안의 미세한 한 귀퉁이에 지나지 않는다. 그 안에 당신을 찬양하는 사람이 얼마나 있겠으며, 그들은 또 얼마나 보잘것없는 존재들인가?

무엇보다도 당신의 마음을 불안·긴장·부담으로 혼미케 하지 말고, 편협하게 하지 말며, 다만 한 인간으로서, 언젠가는 죽어야 할 숙명을 지닌 피조물로서 인생을 관조할 수 있어야 한다. 그런 후 항상 명심해야 할 다음의 두 가지 진리를 생각하라.

첫째, 외적인 존재인 주위의 사물은 우리의 영혼에까지는 이르지 못하는 것이므로, 우리 마음의 동요는 오로지 내면의 관념에 의해서 생겨난다.

둘째, 지금 당신이 바라보는 눈앞의 모든 사물은 순식간에 변하는 것으로, 곧 사라져 버릴 것이다. 또한 당신도 그 수많은 변화의 한 부분을 차지한다는 것을 기억하라.

4 인류가 보편적으로 사고하는 힘을 가지고 있다면 이는 이성을 소유했다는 말과 같다. 이것은 우리를 이성적인 창조물로 만들어 준다. 따라서 이성은 우리에게 상대방을 인식하게 해 준다. 그러므로 세상의 법칙이 존재하는 것이다. 이것은 또한 우리 인간은 모두 동료이고, 공통된 시민권을 소유하고 있으며, 전 세계는 하나의 도시임을 뜻한다. 이렇듯 모든 인간애를 주장하는 또 다른 시민권을 어디에서 얻을 수 있을까? 바로 여기에서부터 정신, 이성 그리고 법을 파생하는 세계의 조직이 생겨난 것이다.

그게 아니라면 어디에서 생겨난 것인가?

인간의 몸을 이루는 흙은 지구를 구성하는 흙으로부터 주어진 것이며, 인체의 수분과 호흡 역시 지구의 또 다른 요소로부터 주어진 것이다.

마찬가지로 우리 정신의 원천 또한 어딘가에 존재할 것임에 틀림없다.

5 탄생과 마찬가지로 죽음 역시 자연의 한 신비이다. 탄생할 때 결합되었던 원소들이 분해되면 그것이 바로 죽음인 것이다. 따라서 삶과 죽음에 관한 어떠한 것도 수치스럽게 생각할 필요가 없다.

왜냐하면 그것은 이성이 부여된 인간의 본질에 어긋난 것이 아니며, 결코 창조의 섭리에도 반하는 것이 아니기 때문이다.

6 인간은 누구나 자기 본성에 맞는 일을 찾기 마련인데, 이것
은 자연스럽고도 필연적인 일이다. 이와 같은 일을 받아들이지 않
는다는 것은, 무화과나무에서 수액이 나오는 것을 믿지 않는 것과
같다.

일정한 시간이 지나면 당신뿐 아니라 모든 사람들이 죽을 것이
며, 얼마 후엔 당신들의 이름조차도 남겨지지 않으리라는 것을 명
심하라.

7 무언가로 인해 억울하다는 마음을 버려라. 그러면 억울함도
사라질 것이다. 피해의식을 버려라. 그러면 그 자체도 사라져 버
린다. '나는 상처받았다' 라는 생각을 버리면 그 상처도 곧 사라지
게 될 것이다.

8 어떤 사람이 타락하지 않았다면 그의 삶을 부패시킬 수 없

으며, 내적이든 외적이든 아무런 피해도 입힐 수 없다.

9 집단을 위해 보편적으로 유용한 것들의 본성은, 당연히 그렇게 행해져야 한다는 데 있다.

10 세상에서 벌어지는 모든 일들은, 어떤 것이든 정당한 이유로부터 발생한다는 것에 주목하라. 조금만 주의를 기울여 보면 이것이 진실이고, 단순히 인과관계에 의한 연속성만이 아닌, 모든 대상에 합당한 가치를 분배하는 신의 섭리와도 같은 공정한 질서가 존재한다는 것을 알 수 있을 것이다. 당신은 이 관찰을 주의 깊게 계속할 필요가 있다. 또한 무엇을 하든 모든 사람들이 선하다고 말하는 행동을 하지 않으면 안 된다. 모든 행동을 함에 있어 이것을 명심하라.

11 당신은 비리를 범하는 자들이 갖고 있을 법한 생각이나, 그들이 당신에게 요구하는 그런 생각을 가져서는 안 된다. 또한

거기에 지배되어서도 안 된다.

다만 진리에 비추어 생각하고, 진리의 관점에서 볼 것이며, 진리에 맞게 행동하라.

12 우리는 언제나 다음의 두 가지 규칙을 따르지 않으면 안 된다.

첫째, 이성과 국가의 법을 시행하는 제왕이 인류 공동의 이익을 위해 명령하는 것만을 행하라.

둘째, 당신의 미망迷妄을 풀어 주고 판단을 바로잡아 주는 사람이 주변에 있다면, 주저하지 말고 당신의 결정을 재고하라.

물론 이것은 공공의 이익이나 그 밖의 다른 이익에 이바지한다는 확신으로부터 나온 것이라야 한다. 일시적인 쾌감이나 소소한 명성 따위에 휘둘려서는 안 된다.

13 당신은 이성을 갖고 있는가? 갖고 있다면 무엇 때문에 그것을 활용하지 않는가? 만일 당신의 이성이 그 본래의 기능을 유감없이 발휘한다면, 더 이상 무엇을 바라겠는가?

14 당신은 지금까지 전체의 한 부분으로 존재해 왔다. 그러나 당신은 처음 당신을 생성한 자연 속으로 되돌아가지 않으면 안된다. 아니, 오히려 다시 한 번 변화를 거쳐 우주의 창조적 이성 속으로 귀속해야 한다.

15 제단 위로 많은 유향乳香 가루들이 떨어진다. 어떤 것은 먼저, 또 어떤 것은 나중에 떨어진다. 그러나 결국 떨어진다고 하는 것에는 아무런 차이가 없다.

16 만일 당신이 당신의 본성으로 돌아가 이성을 섬긴다면, 지금 당신을 한 마리의 야수나 원숭이쯤으로 생각하는 사람들도, 열흘이 채 못 되어 당신을 신처럼 섬기게 될 것이다.

17 눈앞에 마치 일만 년 정도의 수명이 남아 있는 것처럼 행동하지 말라. 죽음은 당신의 머리 위를 항상 맴돌고 있다.

생명과 능력이 당신에게 붙어 있는 동안 온갖 노력을 다해 선한 인간이 되도록 하라.

18 주위 사람들이 어떤 말을 하고 어떤 행동을 하는지에 관심을 두지 않고, 다만 자신의 행동이 올바르고 순수한가에 대해서 고민하는 사람은 실제로 수많은 걱정으로부터 벗어나 있다.

다른 사람들의 퇴폐적인 행위에 눈을 돌리지 말고 흔들림 없이 곧장 앞으로 달려가라.

19 사후의 명성에 집착하는 자는, 자신을 기억하는 모든 사람들 역시 곧 죽을 것이라는 사실을 알지 못하는 자이다. 또한 그의 후손들 역시 곧 사라질 것이며, 활활 타오르다가도 종국에는 스러지는 불꽃처럼, 기억의 마지막 불씨도 마침내 소멸하고 만다는 것을 깨닫지 못한다. 설령 그것을 기억해 줄 사람들이 영원히 죽지 않고, 그들의 기억이 영원하다 할지라도 그것이 당신에게 무슨 의미가 있겠는가? 이것은 살아 있는 자에게도 똑같이 해당되는 질문이다. 명성이나 칭송이 실제로 확실한 공리를 갖고 있지 않다면 그것이 과연 무슨 소용이 있겠는가?

오늘 대자연이 당신에게 베풀고 있는 은혜를 뿌리치고, 사람들이 내일 당신에 대해 무슨 말을 할 것인가에 모든 정신이 쏠려 있다면 정말로 안타까운 일이 아닐 수 없다.

20 아름다운 것은 그 자체가 나름대로의 미를 간직하고 있기 때문에 아름답다. 아름다움은 그 이상을 요구하지 않는다. 그것에 대한 인간의 찬사와 찬미도 아무런 도움이 되지 못한다. 왜냐하면 찬사를 덧붙인다고 해서 더 좋아지거나 나빠지지는 않기 때문이다.

이것은 많은 사람들에 의해 아름답다고 일컬어지는 사물, 즉 천연적인 것이나 인공적인 예술 작품에 대해서도 마찬가지이다. 진실로 아름다운 것은 그 밖의 어떤 것도 요구하지 않는 법이다.

인간에게 필요한 법률이나 진리, 친절과 예의도 마찬가지이다. 이것들 중 어떤 것이 찬사를 받는다고 아름다워지며, 비난을 받는다고 더럽혀지겠는가? 에메랄드의 아름다움이 찬사가 부족하다고 해서 추해지는가? 황금과 상아, 장미와 숲의 나무가 그렇던가?

21 만일 영혼이 영원불멸의 것이라면 하늘은 어떻게 이 불멸의 혼들을 수용해 왔을까? 그리고 대지는 어떻게 아득한 과거로

부터 묻혀 온 그 수많은 시신들을 수용해 왔을까?

대지는 어느 정도 기간이 지나면 변화와 부패로써 또 다른 사체를 위해 자리를 마련한다. 마찬가지로 영혼은 변화하고 사라지기에 앞서 잠시 공중에서 머물다가, 우주 본원의 영지靈智에 수용됨으로써 불의 본성을 갖추게 된다. 이리하여 다른 영혼을 받아들일 여지가 생기는 것이다. 이것이 바로 영혼의 존재를 믿는 사람들의 근거가 되는 것이다.

따라서 우리는 땅에 매장된 시체 수만을 생각해서는 안 된다. 인간들에게, 혹은 다른 동물들에게 매일매일 먹히는 동물들의 수도 무시할 수 없기 때문이다. 도대체 얼마나 많은 동물들이 그런 식으로 죽어 가며, 어떤 의미로 그들을 먹는 자들의 뱃속에 매장되고 있는 것일까? 그것들은 인간이나 짐승들의 체내에서 피로 변했다가 다시 공기나 불로 변하기 때문에 대지가 이를 수용할 수 있는 것이다.

이 문제에서 우리는 어떻게 진리를 찾아낼 것인가? 그것은 물질과 그 생성의 근거를 분별해 냄으로써 가능하다.

22 일순간의 감정에 휩쓸리지 말고 올바른 길에서 벗어나지 않도록 주의하라. 어떤 충동이 일어날 때면 우선 그것이 정의의 명령에 의한 것인가를 파악하라. 또 어떤 인상을 받을 때마다 확

실하게 파악하고 이해하라.

23

오, 우주여! 당신과 조화를 이루는 모든 것이 나와도 조화를 이루노라. 그대에게 알맞은 것이라면 나에게도 너무 이르거나 너무 늦지 않다.

오, 대자연이여! 그대의 사계절이 생산하는 모든 것이 나를 위한 열매로다. 만물은 그대로부터 나오며, 그대 속에 존재하며, 그대에게로 돌아가노라.

시인은 '고귀한 케크롭스Cecrops[1]의 도시'라고 노래했으나, 우리는 '고귀한 신의 도시여!'라고 말하지 않겠는가?

24

어느 철학자는, 마음의 평정을 원한다면 많은 일을 벌여놓거나 관여하지 말라고 충고했다.

그러나 이렇게 말하는 것이 더 좋지 않을까?

당신에게 꼭 필요한 행위와 사회인으로서의 당신의 이성이 요구하는 행위, 그리고 보편적 이성이 요구하는 행위를 할 수 있도

---

1) 케크롭스는 고대 그리스의 수도인 아테네를 건립했다는 전설적인 시조로, 이 구절의 출처는 분명치 않음.

록 그 밖의 다른 행위를 제한하라. 이렇게 하면 몇 가지 일이나마 잘 이행할 수 있고, 거기에서 오는 만족감과 안정을 느낄 수 있을 것이다. 이것을 통해 우리는, 우리가 말하고 행동하는 것들의 대부분이 불필요함을 느끼게 될 것이고, 그것을 제거함으로써 시간과 수고를 절약할 수 있을 것이다.

그러므로 우리는 항상 '혹시 이것도 불필요한 일 가운데 하나가 아닐까?' 하고 자문해 보아야 한다. 아울러 불필요한 행위뿐 아니라 사념까지도 떨구어 버리지 않으면 안 된다. 그래야만 쓸데없는 행위가 뒤따르지 않게 된다.

25 스스로에게 물어보라.

선한 인간의 생활, 즉 우주로부터 내게 할당된 부분에 만족하고, 올바른 행위와 자비만을 희구하는 생활을 영위할 능력이 과연 내게 있는가?

26 인간은 살아가면서 온갖 자질구레한 사건들과 마주치게 된다. 당신은 이미 그런 일들을 수없이 봐 왔을 것이다.

자, 이제 이것을 보라![2]

당신은 당신의 감정을 어지럽히지 말고, 지극히 단순한 상태로 만들지 않으면 안 된다.

누군가가 당신에게 부당한 일을 가하고 있는가? 그러나 그런 행동은 결국 그 자신에게 해를 가하는 결과를 가져온다.

당신에게 무슨 일이 벌어지고 있는가? 당신에게 일어나는 일체의 일은, 우주에서 생성하여 세상이 시작된 순간부터 이미 당신에게 할당되어진 운명이며, 당신 앞에 펼쳐진 상황은 살아 움직이는 다른 모든 것처럼, 운명의 직조물에 짜 넣은 한 오라기의 실에 불과한 것이다.

인생은 짧다. 이성과 정의의 공정한 처사에 순응하며, 빠르게 스쳐 지나가는 시간으로부터 유용한 것을 움켜잡아라. 마음은 여유롭게 가지더라도 정신은 차려야 한다.

27 질서 정연하든 혼돈 속에 있든 우주는 여전히 우주의 형태를 갖추고 있다. 그러나 한 개체 속에 어느 정도의 질서가 존재하는데, 동시에 그보다 큰 '전체'에는 무질서가 존재한다는 것이 가능한가?

그리고 그와 마찬가지로 자연의 모든 부분 사이에서 일탈이나

---

2) 새로운 만남의 불쾌한 측면.

분산되는 일 없이 감정의 일치가 실재한다는 것이 가능한가?

28   사악한 마음이여![3] 유약하고 제멋대로인 성격, 야수 같고 유치한 자, 어리석고 우둔하며 허위로 가득 찬데다 교활한 성격, 비열한 자, 폭군의 마음이여!

29   우주 속에 무엇이 존재하는지 모르는 자를 우주의 이방인이라고 한다면, 그 속에서 무슨 일이 벌어지고 있는지 알지 못하는 자 역시 이방인이다. 그들은 사회로부터 스스로를 추방한 자, 즉 유형 당한 죄수이다. 그들은 이해의 눈을 감은 장님이며, 남에게 의지하고 자신의 힘으로는 살아갈 수 없는 거지이다.

운명을 거부하고 이성으로부터 떨어져 나가 스스로를 격리시키는 자는 우주의 종양과 같다. 마찬가지로 자신의 영혼을 이탈, 표류시키는 자 또한 공동 사회로부터 버려진 하나의 깨진 조각에 불과할 뿐이다.

---

3) 이 별다를 것 없는 감정의 폭발에 대해서는 다만 추측을 해볼 수 있을 따름이다. 마르쿠스가 네로의 생애를 다시 읽었던 것일까?

30 　어떤 철학자는 옷을 갖춰 입지 않았고, 또 어떤 철학자는 책을 갖지 않았다. 또 어떤 철학자는 반라의 몸으로 살며 이렇게 말한다.

"나에게는 빵은 없지만 이성이 있다."

나는 비록 만족할 만한 결실을 얻지는 못했지만, 학문을 사랑하며 이성에 의해 살아간다.

31 　당신이 배우고 터득한 기술이 아무리 보잘것없는 것이라 할지라도, 그것을 사랑하고 그것에 만족하라. 그리고 자신을 폭군이나 노예로 만들지 말고, 모든 것을 신에게 맡긴 채 남은 인생을 살아라.

32 　베스파시아누스Vespasianus[4] 황제 시절을 생각해 보라. 당신의 눈에 무엇이 보이는가? 당시에도 사람들은 결혼하여 아이들을 키우고, 병들고, 싸우고, 향연을 누리고, 장사를 하고, 농사를 짓고, 아첨하고, 교만을 떨고, 완고하고, 시기하고, 의심하고, 자

---

[4] 로마 황제(69~79 재위)로 트라야누스에게 황제의 자리를 물려주고 82세에 사망했으며, 반란 평정 · 건축 · 재정 정비 등 로마의 번영에 공헌하였다.

랑하고, 음모를 꾸미고, 저주하고, 불평하고, 연애하고, 재물을 모으고, 집정관의 지위와 왕권을 탐했다. 그러나 지금 그 시대의 사람들과 생활 모습은 어디에도 존재하지 않는다.

트라야누스Trajanus 황제 시대는 어떠한가? 이때에도 마찬가지며, 그들의 삶 또한 모두 사라져 버렸다. 이런 식으로 과거와 그 시대 사람들의 기록을 살펴보라. 그들은 이미 원소로 분해되어 사라져 버리지 않았는가?

당신이 아는 모든 이들을 떠올려 보라. 그들은 운명적으로 자신에게 주어진 의무를 게을리하고, 타고난 본성을 미혹시키고, 모든 일에 만족할 줄 모르고, 하찮은 것들에만 정신을 쏟고 있다.

여기서 명심해야 할 것은, 어떤 대상을 추구할 때에는 그 대상의 본래 가치와 조화를 이뤄야만, 비로소 가치 있는 추구가 된다는 점이다. 따라서 스스로에게 실망하지 않으려면 특별히 중요하지 않은 일에 시간과 정신을 빼앗기지 말아야 한다.

33 이전에는 귀에 익었던 말과 표현도, 요즘에는 거의 사용되지 않는다. 옛날에 훌륭했던 사람들의 이름도 지금은 묵은 냄새를 풍긴다. 카밀루스Camillus[5], 케소Caeso, 볼레수스Volesus, 레오나

---

[5] 로마의 장군으로 전설적인 영웅 로물루스를 잇는 로마 제2의 건국자로 일컬어졌다.

투스Leonnatus, 스키피오Scipio, 카토Cato, 아우구스투스Augustus[6], 하드리아누스Hadrianus[7], 안토니누스 등의 이름이 바로 그것이다.

모든 것은 사라진 후, 단순한 이야깃거리로 남았다가 결국에는 망각 속에 묻혀 버리고 만다. 당시에는 엄청난 세력과 명성으로 이름을 날리던 사람들도 예외는 아니다. 그들은 모두 숨을 거두자마자 사람들의 기억에서 사라져 버렸고, 누구도 그들에 대해 입을 열지 않는다. 영원한 기억이란 없다. 모든 것이 허무할 뿐이다.

그렇다면 우리가 진정한 노력을 기울여야 할 것은 대체 무엇인가?

그것은 올바르게 생각하고, 공공의 이익과 사회 규범에 맞게 행동하며, 거짓 없이 이야기하고, 모든 일들을 하나의 근본 원리로부터 유출되는 필연적인 것으로 받아들여야 한다는 것이다.

34 운명의 직녀 클로토Clotho[8]에게 당신을 내맡기고, 그녀

---

[6] 로마의 초대 황제(B.C. 30~A.D. 14 재위)로 서민 출신. 어머니가 카이사르의 질녀로 아버지가 죽은 후 카이사르의 보호를 받았다. 안토니우스·레피도우스와 삼두 정치를 시작하면서 반대파를 추방하였다. 집권적 관료 정치 확립, 학문·예술 장려, 토목·건축 실시 등 평화적 정책을 일관하였으며, 라틴문학의 황금시대를 탄생시켰다.

[7] 로마 황제(117~138 재위)로 5현제賢帝의 한 사람이다. 여러 도시의 건설·육성, 공공시설의 확충에 힘썼으며, 아테네와 로마에 각종 신전을 건조하였다. 그가 직접 건립한 그의 묘지는 현존하는 로마 건축의 하나로 산탄제로 성에 있다.

[8] 운명의 세 여신 가운데 클로토는 인간의 삶의 실을 짜고, 라케시스Lachesis는 운명을 결정하여 나누어 주며, 아트로포스Atropos는 인간이 죽어야 할 때 그 실을 끊는다고 한다.

로 하여금 마음대로 당신에게 할당된 운명의 실을 짜도록 내버려
두라.

35 기억하는 자든 기억되는 자든, 모두가 하루살이에 불과
하다.

36 세상의 온갖 만물은 변화에 의해 생겨나고 있음을 관찰
하라. 우주의 본성은 모든 사물과 상황들을 변화시키고, 새로운
창조를 거듭하는 데에서 존재한다.

　현재 존재하는 모든 사물은, 어떤 의미에 있어 미래에 존재할
사물의 씨앗인 것이다. 씨앗을 단순하게 대지나 여성의 자궁에 뿌
려지는 것이라고 판단하는 것은, 지극히 단순하고 어리석은 생각
이다.

37 당신은 머지않아 곧 죽게 될 것이다. 그럼에도 불구하고
당신의 생각은 여전히 단순해지지 못하고 번뇌에 사로잡혀 있으

며, 손해를 입지는 않을까 하는 우려에서 벗어나지 못하고, 모든 이들에게 자비롭지 못하다. 또한 이성적이고 정당한 행위를 하는 것이 유일한 지혜라는 사실을 모르고 있다.

38 현명한 사람들의 행위를 이끄는 것은 무엇이며, 또한 그들이 피하는 것과 추구하는 것은 무엇인지 주의 깊게 관찰하라.

39 당신이 입었다고 생각하는 손해는 다른 사람의 마음에서 오는 것이 아니며, 당신 자신의 육체적인 변화나 외적 환경의 변화에서 오는 것도 아니다.

그렇다면 그것은 어디에서 오는 것일까? 그것은 '손해'라는 개념을 만들어 내는 당신의 생각에서 비롯되는 것이다.

'손해'라고 하는 생각 자체를 버려라. 그러면 모든 것이 잘될 것이다. 육체가 약하든, 큰 상처를 입었든, 화상을 입었든, 종양으로 고통을 받든 간에 당신의 마음으로 그것들을 다스리고 치유하라.

그 손해라는 것이 악인이나 선인에게 동등하게 일어날 수 있는 것이라면, 악이니 선이니 하고 속단할 수 없다. 자연을 거역하는 사람에게나 순응하는 사람에게나 동등하게 닥쳐오는 것이라면,

결코 자연의 목표를 방해하거나 그 목적을 증진시키지도 않기 때문이다.

40 우주를 하나의 실체와 하나의 영혼을 지닌 살아 있는 유기체로 생각하라. 그리고 어떻게 이 모든 사물이 하나의 지각知覺에 결부되어 있으며, 하나의 자극에 따라 움직이고, 각각의 사건의 인과관계 속에서 자신의 역할을 해낼 수 있는지를 관찰하라. 직조물과 같은 세상의 복잡함, 즉 실타래의 얽히고설킴에 주의하라.

41 에픽테토스는 말했다.
"당신은 육체라는 시신을 끌고 다니는 가엾은 영혼에 지나지 않는다."

42 변화하는 모든 산물이 선이 아닌 것처럼, 변화의 과정 속에 있는 모든 것들 역시 악은 아니다.

43 시간이란 발생하는 여러 사건들로 이루어진 끊임없는 강물과 같다. 하나의 사물이 나타나는가 하면 곧 과거 속으로 사라져 버리고, 또 다른 사물이 그 뒤를 따라오는가 하면 그것도 곧 흘러가 버리고 만다.

44 우리 눈앞에서 벌어지는 모든 일들은, 봄에 장미꽃이 피고 여름에 과일이 열리는 것처럼 지극히 정상적이며 예측이 가능하다.

이것은 질병이나 죽음, 중상모략뿐 아니라 어리석은 인간들을 기쁘게 하고 괴롭히는 다른 모든 일에도 똑같이 적용되는 이치이다.

45 사물의 연속에 있어, 뒤에 오는 것은 항상 선행하는 것과 밀접한 관계가 있다. 단지 필연적인 순서에 따른 진행이 아니라, 합리적인 연관성을 지니고 있다는 뜻이다.

게다가 이미 존재하는 것은 모두 조화로운 관계에 있는 것이므로, 앞으로 존재하게 될 사건들도 단순한 연속이 아니라 연쇄적인 기적을 나타내는 것이다.

46 "흙이 죽으면 물이 되고, 물이 죽으면 공기가 되고, 공기가 죽으면 불이 되고, 불이 죽으면 다시 흙으로 순환한다"라고 한 헤라클레이토스의 말을 기억하라.

그의 다른 말들도 늘 상기하면서 교훈으로 삼아야 한다.

"자기가 가는 길이 어디로 통하는지 안중에도 없는 여행자나 가장 가까운 친구와 늘 사이가 좋지 않은 사람들은 매일 그렇게 살면서도 전혀 알아차리지 못한다."

"잠든 사람처럼 행동하고 말해서는 안 된다."

왜냐하면 사람들은 잠들었을 때 상상 속에서 행동하고 말하기 때문이다.

또한 "부모로부터 꾸중 듣는 어린아이처럼 행동하지 말라"라고 했다.

결론적으로 그의 말은, 전통적인 교훈을 맹목적으로 따라서는 안 된다는 것이다.

47 만일 신이 나타나, 당신에게 내일이나 모레 반드시 죽는다고 말한다 해도, 당신이 극히 천박한 인간이 아닌 이상 그것에 크게 신경 쓰지 않을 것이다. 왜냐하면 내일이나 모레의 차이는 사실 아주 작기 때문이다.

마찬가지로 죽음이 내일 닥치든 몇 년 후에 닥치든 그것을 중요시할 필요는 없다.

48 한번 생각해 보라.

많은 의사들이 병에 걸린 환자들을 눈살을 찌푸리며 굽어보았지만 그들은 결국 죽어 버렸으며, 많은 점성가들이 근엄한 어조로 남의 운명을 예언했지만 그들 역시 죽어 버렸다.

죽음과 불멸에 대한 해답을 찾느라 전력을 다해 논쟁을 벌이던 철학자들도 모두 죽었고, 무수히 많은 사람들을 죽인 영웅과 장군들도 결국 무의미하게 죽어 버렸다.

마치 자신은 결코 죽지 않을 신이나 되는 것처럼 사람들을 살리고 죽이는 권력을 무자비하게 휘두르던 폭군들, 헬리케·폼페이·헤르쿨라네움처럼 완전히 파괴된 도시와 그 밖의 수많은 도시들의 멸망.

또 당신이 알고 있는 사람들을 하나하나 헤아려 보라. 한 사람이 다른 사람을 매장한 다음 그 사람 역시 죽고, 또 다른 사람이 그를 매장한다. 이 모두가 고작 순간에 이루어진 것이니, 결국 사람의 일이란 얼마나 덧없고 무상한 것인가? 어제만 해도 한 방울의 점액에 불과했던 것이, 내일이면 한 줌의 재로 화하는 경로를 관찰해 보라.

우리는 지상에서의 이 덧없는 순간을 자연에 순응하며 보낸 다음, 순순히 휴식의 상태로 돌아가야 한다. 저 무화과 열매가 자기를 낳고 길러 준 대자연에 감사하며 떨어지듯이.

49 　파도가 끊임없이 밀려와 부딪쳐도 굳건하게 버티고 서 있는 저 바위 언덕을 닮아라. *끄떡없이 버티기만 하면 된다.* 그러면 그 거칠던 파도도 이내 잔잔해질 것이다.

"이런 일이 닥쳤으니 나는 얼마나 불행한 놈인가?"라고 말하지 말라. 오히려 "이런 일이 일어났지만 나는 행복하다. 나는 고통으로부터 자유롭고, 현재의 시련에 흔들리지 않고, 미래의 공포에도 압도당하지 않을 것이기 때문이다"라고 말하라.

누구에게나 뜻밖의 일은 생기기 마련이다. 그러나 모든 사람들이 침착하게 그 상황을 이겨 내는 것은 아니다.

따라서 번뇌에 시달릴 때마다 반드시 기억해 두고 적용해야 할 원리가 있다. 즉, "이것은 결코 불행이 아니다. 이것을 잘 참고 견뎌 낸다면 오히려 행운이 될 수도 있다"라는 것이다.

50 　남달리 삶에 강하게 집착하는 사람들을 떠올려 보라. 도대체 그들이 일찍 죽은 사람보다 나은 점이 무엇인가? 단 한 명의 예외도 없이, 언제 어디서든 흙 속에 묻히고 마는 것이다. 카디시아누스, 파비우스, 레피두스, 율리아누스 그 밖의 모든 인간들은 다른 사람들을 묻어 주고, 자신들 역시 타인에 의해 땅 속에 묻혔다. 결국 그들이 누린 삶은 극히 짧은 것이었다.

살아가는 데 있어 얼마나 많은 난관에 부딪치고, 얼마나 많은 관계를 맺고, 또 얼마나 보잘것없는 육체로 천신만고 끝에 이 과정을 통과해 가는지를 생각해 보라.

생의 기간에 가치를 두지 말라. 오직 그 뒤에 놓인 무한의 시간과 앞으로 올 영원만을 직시하라. 진리가 이러할진대, 어린애가 영원 속에서 사흘밖에 살지 못하는 것과 3대에 걸쳐 산다는 것이 무슨 차이가 있겠는가?

51   언제나 지름길을 택해 나아가라. 그 짧은 길이란 바로 자연이며, 자연이 가르쳐 주는 길이다. 그리고 모든 행동과 말에 있어 당신을 지배하는 이성에 순응하라.

그것이 번뇌와 투쟁, 거짓된 행동이나 허세로부터 당신을 자유롭게 해 줄 것이다.

인간의 본성에 대하여

제5장

우주는 각각의 사물에 저마다의 가치를 부여했으며, 질
서를 세우고, 격식을 주고, 적당한 위치를 지정하고, 가
장 우월한 것들이 서로 조화를 이루도록 해 놓았다.

1 아침에 눈을 떴는데도 자리에서 일어나고 싶지 않다면 이런 생각을 해 보라.

'나는 지금 사람다운 일을 하기 위해 일어나야만 한다.'

내가 이 세상에 태어나 어떤 임무를 수행하기로 되어 있고, 그것 때문에 내가 존재하는데 불평을 해서야 되겠는가? 이렇게 누워 있으려고 태어난 것은 아니지 않는가? 그래도 잠자리에 누워 있는 것이 더 좋다면 당신이 태어난 것은 쾌락을 위해서였단 말인가?

미천한 식물이나 새, 개미, 거미와 꿀벌들을 보라. 그들은 이 우주 속에서 각자 차지한 부분의 질서를 유지하기 위해 정신없이 바쁘다. 반면 당신은 인간으로서의 의무를 수행하기를 거부하고 있다.

물론 휴식을 취하는 것도 필요하다. 그러나 음식을 먹고 술을 마시는 것에도 한계가 있듯이, 휴식에도 자연이 규정한 한계가 있는 것이다. 그런데도 당신은 그 한계를 벗어나 늦잠을 잤고, 이제 그 이상의 것을 취하려고 한다. 그만큼 당신의 수행에 문제가 생기는 것이다.

또한 당신은 당신 자신을 사랑하지 않는다. 만약 사랑한다면 당신의 본성과 그 의지를 사랑해야 할 것이다. 자신의 기술을 사랑하는 기술자들은, 먹는 것과 씻는 것까지 잊어 가면서 자신의 소임을 완수하려고 노력한다. 그러나 당신은 선반공이 선반을, 무용수가 무용을, 또는 수전노가 은화를, 명예욕에 혈안이 된 자가 헛된 명성을 좋아하는 것만큼도 자신의 본성을 존중하지 않고 있다. 인간은 누구나 한 대상에 격렬한 애정을 느끼게 되면 그것에 몰두하느라 먹고 마시는 일을 잊기 마련이다.

당신의 눈엔 사회에 대한 봉사에 전력을 다할 가치가 없다고 판단되는가?

2 귀찮고 못마땅한 망념妄念들을 말끔히 털어 버리고 난 뒤에 찾아오는 마음의 평화는, 인생에 있어서 귀한 위안임에 틀림없다.

3 자연의 본성에 일치하는 언행을 할 수 있는 당신의 권리를 소중히 여겨라. 남들로부터의 비난이나 험담 때문에 주저하거나 마음이 흔들려서는 안 된다. 행하고 말해야 할 것이 있다면, 그것이 무엇이든 당신의 권리를 포기하지 말라.

당신에 대해 이렇다 저렇다 비판하는 사람에게는 그 나름의 이유와, 그런 비판을 하도록 자극한 충동이 있을 것이다. 그런 것에 마음이 흔들려서는 안 된다. 오직 당신 자신의 본성과 만인의 공통된 본성에 순응하고 적응해 나가도록 노력하라.

4 나는 목숨이 다하는 그날까지 자연의 본성에 순응하며 나아
가겠다.

그리하여 내가 매일 들이쉬던 호흡은 그 원천인 대기 속에 반
환할 것이며, 내 신체 역시 대지에 묻히리라. 그 대지로부터 나의
아버지는 씨앗을 얻었고, 나의 어머니는 피를 취했고, 내 유모는
젖을 취했다.

대지는 내게 오랜 세월 동안 하루도 빠짐없이 먹을 것을 공급
해 주었고, 내가 그 위를 밟고 다니며 목적을 위해 무자비하게 썼
음에도 불구하고, 여전히 나를 허용하고 품어 주었다.

5 당신에게는 세상 사람들이 말하는 뛰어난 재주가 없을지도
모른다. 그러나 그런 것은 아무 상관 없으니 개의치 말라. 당신은
"그런 것에는 소질이 없습니다"라고 말할지 모르지만, 당신에게
는 미처 깨닫지 못한 숨겨진 자질이 있을 것이다. 이 자질을 계발
하라.

이러한 자질은 성실성·존엄·근면성·절제할 줄 아는 성품 속
에 있다. 당신은 이 순간 불평하지 않고 검소하고 사려깊고 솔직
하며, 행동과 말을 온화하게 하는 것이 얼마나 많은 자질을 가질
수 있게 하는지를 깨달아야 한다. 따라서 그런 장점을 발휘할 능
력이 없다느니, 소질이 없다느니 하는 말은 결코 해서는 안 된다.

하지만 당신은 스스로 저급한 차원에 머물러 있으려고 한다. 다투고, 탐하고, 인색하고, 아첨하고, 불평하고, 비굴하고, 교만하고, 걷잡을 수 없이 방황하며 불안해하는 것이, 정말 당신의 타고난 능력이 부족하기 때문인가?

결코 그렇지 않다. 아니, 어쩌면 당신은 벌써 오래전에 이런 것들로부터 탈출할 수 있었을 것이다. 단지 이해가 늦고 행동이 둔했을 따름이다. 하지만 이러한 결점도, 당신이 혼신의 힘을 다해 고치고자 노력한다면 곧 사라질 것이다.

6 어떤 사람은 남에게 봉사를 해 주고 나서, 마치 커다란 은혜라도 베푼 것처럼 자기 장부에 기록을 해 둔다. 또 어떤 사람은 기록은 하지 않더라도, 마음속으로 그 상대방을 채무자로 간주하고 자기가 베푼 일을 항상 기억해 두고 있다.

그러나 이들과 달리 자기가 베푼 것을 전혀 염두에 두지 않는 사람도 있다. 마치 포도송이를 맺게 한 포도나무처럼 생산을 하고서도 아무것도 바라거나 구하지 않는 것이다. 전력을 다해 달리고 난 뒤의 말이, 사냥감을 물고 돌아온 사냥개가, 꿀을 만드는 꿀벌이 감사를 기대하지 않듯이, 선행을 베푼 사람은 절대 그것을 과시하지 않는다. 그리고 포도나무가 다음 해의 포도를 맺기 위해 준비를 하듯이 곧장 다음의 선행으로 옮겨 간다.

당신은 아마 이렇게 질문할 것이다.

"그럼 인간도 포도나무나 벌처럼 무의식적으로 일해야 한다는 말입니까?"

물론 인간에게 자기 행동에 대한 인식 그 자체는 반드시 필요하다. 왜냐하면 자신의 행동이 사회적인 것이라는 의식은, 스스로 사회적인 동물이라는 표시인 동시에 특성이기 때문이다.

당신은 또 반문할 것이다.

"하지만 사회가 그런 행위를 알아주었으면 하는 소망을 갖는 것도 사회적 동물의 표시 아닙니까?"

분명 맞는 말이다.

그러나 당신은 이 말을 잘못 이해하고 있다. 당신은 스스로를 앞서 열거한 인간들과 같은 부류로 타락시키고, 고식적인 논리로 잘못 인도하고 있는 것이다.

그러나 당신이 내 말의 진정한 뜻을 이해하고자 한다면, 그것만으로도 당신이 어떤 사회적 의무를 저버리는 행위를 하지는 않을까 라는 두려움은 갖지 않게 될 것이다.

7 "오, 제우스신이시여! 산과 평야에 비를 내려 주소서!"

이것은 아테네인들의 기도이다. 기도란 처음부터 하지 말든지, 하려거든 이렇듯 단순하고 소박해야 한다.

8 　전설에 의하면 애스쿨라피우스Aesculapius[1]는 어떤 사람에게는 승마를, 어떤 사람에게는 냉수욕을, 또 어떤 사람에게는 맨발로 다니라는 처방을 내렸다고 한다.

우주의 본성은 이와 같은 방법으로 어떤 사람에게는 질병과 불구, 또 어떤 사람에게는 상실감을, 혹은 또 다른 무능력을 처방했다.

전자의 경우 처방은, 환자의 건강 회복을 위한 특별한 치료법을 지시한 것이다. 그리고 후자의 경우, 모든 사람에게 일어날 수 있는 개별적인 일들이 각각의 운명에 따라 미리 준비된 것이다. 이는 마치 석공이 벽이나 피라미드를 쌓을 때 네모난 돌들이 착착 들어맞는 것처럼 우리의 운명과 '합치되었다'라고 말할 수 있을 것이다.

실제로 이 세계는 전체적으로 하나의 조화를 이루고 있다. 수많은 개체들이 모여 하나의 현존하는 완성체를 이루듯이 수많은 원인들이 결합되어 하나의 우주적 원인이 된다. 그것이 바로 운명이다. 누군가가 "마침내 올 것이 왔다"라고 말한다면, 그 사람은 이미 자신의 운명을 깨닫고 있는 것이다. 즉, 그것은 그에게 처방된 것이었고, 따라서 우리는 애스쿨라피우스의 처방을 받아들이듯, 각자에게 예고된 이런 현상들을 받아들여야 한다. 비록 그 처방들 중에는 못마땅한 것도 있겠지만, 건강을 위해서라는 마음으

---

[1] 애스쿨라피우스는 그리스 신화에 나오는 의술의 신으로, 마르쿠스는 여기서 그를 의학적인 컨설턴트로 언급했다. 최초로 언급한 사람은 호머로서 그를 단순히 '훌륭한 외과의사'라고 표현했다.

로 기꺼이 받아들여야 하는 것이다.

자연의 명령을 수행하고 완성할 때에는 자신의 건강을 돌보듯이 임해야 한다. 또한 일어나는 일이 불쾌하고 마음에 들지 않더라도 항상 기쁘게 받아들여야 한다. 왜냐하면 그것은 우주의 건강에 이로우며, 우주 자체를 행복과 선행으로 인도하기 때문이다. 만약 그것이 전 우주를 위한 것이 아니라면, 자연은 어느 누구에게 그 어떤 운명도 주지 않았을 것이다. 자연은 자신이 지배하는 것에 무언가를 부여할 때에는 반드시 그 대상에 이롭도록 고안한다.

당신에게 일어나는 일에 대해 만족해야 하는 두 가지 이유가 있다.

첫째, 그것은 당신을 위해 발생했고, 또 당신을 위해 처방되었으며, 당신과 관련된 것이기 때문이다.

둘째, 당신에게 일어나는 일이란 운명이 우주를 지배하는 섭리의 증진과 완성, 생존을 위해 당신 몫으로 특별히 마련해 두었기 때문이다.

이처럼 발생하는 모든 일은 우주를 지배하는 힘의 원천이 되는 것이다. 지속적인 연관 과정에서 어느 한 개의 분자를 떼어 버리는 것은 전체에 손상을 입히는 행위이다. 따라서 당신이 불만에 사로잡힌다는 것은, 당신의 능력이 허락하는 한도 내에서 우주와의 단절과 파괴를 범하는 것이 된다.

9 올바른 원리 원칙에 따라 일을 추진했음에도 불구하고 실패했다면, 그것을 괴로워하거나 불평하지 말라. 그럴 때에는 다시 처음부터 시작하되, 당신의 행위가 인간의 본성에 어긋나지 않았다면 그것으로 만족하라.

그리고 언제든 의존할 수 있는 철학에 대한 순수한 사랑을 간직하라. 이때에는 스승을 찾아가 섬기듯 하지 말고, 눈병이 난 사람이 해면이나 달걀을 사용하듯, 또는 환자가 고약을 붙이고 찜질을 하듯 해야 한다. 그렇게 하면 당신은 이성에 순응하는 것에 실패하지 않고, 그 안에서 안정과 신뢰를 얻게 될 것이다.

또한 철학은 오직 본성이 요구하는 것만을 희구한다고 해도, 정작 당신은 자연의 본성을 거스르는 그 무엇을 찾고 있었다는 점을 인정하라.

그러면 다음과 같은 회의가 생길 것이다.

"그렇다면 지금 내가 하고 있는 것보다 더 나은 것은 무엇이란 말인가?"

이것이 바로, 쾌락이 당신을 기만하고 있다는 증거이다.

영혼의 고매함이 더 유쾌하다고 생각하라.

관용과, 자유와, 소박함과, 마음의 평정과, 겸허가 보다 유쾌하지 않겠는가? 이해와 지식의 기능에 기초한 모든 사물의 안정과 행복한 진행 과정을 생각할 때, 도대체 지혜 그 자체보다 더 적절하고 유쾌한 것이 무엇이란 말인가?

10   우주 만물의 진리는 모호함 속에 숨어 있기 때문에, 학식이 뛰어난 철학자들조차도 극히 불가해한 것으로 파악하고 있다. 심지어 스토아학파들도 정의를 내리지 못했다. 또한 그것은 여러 난관에 둘러싸여 있고 시시각각 변하기 때문에, 우리의 지적인 결론도 늘 오류를 범하는지도 모른다. 하지만 오류를 범하지 않는 인간이 어디 있겠는가?

그렇다면 방향을 바꾸어, 보다 물질적인 것들에 대해 생각해 보자. 이 물질적인 것들이란 얼마나 덧없고 무가치한 것인가? 그런 것들은 불결한 탕자나 도둑이나 창녀들조차도 소유할 수 있는 것이다.

한편 당신과 함께 생활하고 교제하는 사람들의 덕성을 살펴보라. 자신의 자아도 참고 견디기 힘든 터에, 그들 중 아무리 마음에 드는 사람이 있다 해도 견뎌 내기는 매우 힘들 것이다. 그러니 이 암흑과 진흙탕 속에서, 물질과 시간의 끊임없는 유전流轉 속에서, 빠르고 다양한 변화 속에서 과연 가치 있고 존중할 만한 것, 진지하게 추구할 탐구의 대상이 무엇인지는 도무지 상상조차 할 수 없다.

따라서 우리들이 해야 할 일이란, 용기를 갖고 다가오는 죽음을 조용히 기다리는 것이며, 다음의 두 가지 원리를 생각하면서 위안을 찾는 것이다.

첫째, 우리에게 일어나는 일은 필연적으로 우주의 본성과 일치하는 것이다. 둘째, 나의 내부에는, 신과 내 자신의 영혼에 어긋나는 일은 결코 하지 않는 능력이 있다. 왜냐하면 나로 하여금 그런 일을 강제로 시킬 사람은 아무도 없기 때문이다.

11 "나는 지금 내 영혼을 어디에 사용하고 있는 것일까?"

모든 행위에 앞서 이같은 의문을 갖지 않으면 안 된다.

또 이렇게도 자문해 보아야 한다.

"이른바 나를 지배하는 부분으로 일컬어지는 내 이성은 지금 무슨 생각을 하고 있는가? 이 순간 내 안에 누구의 영혼이 머무르고 있는가? 어린아이의 영혼인가? 젊은 청년의 영혼인가? 여인의 영혼인가? 폭군의 영혼인가? 야수의 영혼인가?"

수시로 자문해 보라.

12 '선'이라는 일반적인 개념은 다음과 같은 방법으로 인식할 수 있다.

사람들이 선입관에 얽매여 신중함과 절제, 정의와 강직함 같은 것을 지닌 사람을 선이 있는 것으로 판단한다면, 그처럼 많은 선에 대한 비웃음에 귀기울이지 못할 것이다.

반면, '선'을 구성하는 것에 대해 일반적인 개념을 가지고 있다

면, 그는 빈정거리는 말도 기꺼이 감사하며 그 재능을 발견하는
데 어려움을 느끼지 못할 것이다.

13 '나'는 형식적인 요소와 물질적 요소로 구성된 존재이다.
그리고 이 구성 분자는 모두 무無에서 비롯된 것이 아니므로 무로
소멸할 수 없다.

결론적으로 나의 각 부분은 변화를 통해 우주로 환원될 것이
며, 그것이 또다시 변화를 거쳐 우주의 다른 부분이 되고, 그런 식
으로 영원히 계속될 것이다.

그와 같은 변화에 의해 나 역시 존재하게 되었고, 나를 태어나
게 한 어머니도, 그리고 그 위로 거슬러 올라간 세대도 마찬가지
이다.

14 이성과 철학은 그 스스로 충분한 능력을 지니고 있다.

이것들은 그 자체에 존재하는 원천으로부터 최초의 원동력을
얻는다. 그리고 스스로 정한 목표를 향해 곧바로 나아간다. 따라
서 이같은 행동은 '올바른 행동'이라 불려지며, 그것은 가야 할
길에서 한 치의 어긋남도 없이 진행함을 의미한다.

15   인간에게 속하지 않은 것이라면, 그것이 어떤 속성이든 인간의 것이라고 말할 수 없다. 그것들은 인간에게 필요하지도 않는데, 이는 인간의 본성이 그같은 것을 약속하지도 않았으며 그로 인해 완성된 것도 아니기 때문이다. 또한 그것들은 인간의 본성이 자기 목적 달성을 위해 필요로 하는 수단도 되지 못한다. 따라서 인간의 목적은 그런 것들 속에 존재하지 않으며, 그 목적에 도달하기 위한 수단인 선도 나타나지 않는다.

  만일 인간이 그러한 속성을 지니고 태어났다면, 이를 경멸하고 반대할 수는 없었을 것이다. 그리고 그런 것들 없이 지낼 수 있는 능력을 지녔다 하여 칭찬받지도 않았을 것이다. 또한 그것들을 참된 선이라고 인정하면서도, 실제로는 그 진가를 인정하지 않는 행위 역시 마찬가지일 것이다. 그러나 사실은 이런 것들을 제거하거나, 제거하려고 노력한 사람일수록 더욱 선량한 사람으로 성장하게 된다.

16   당신이 생각하는 사념思念 여하에 따라, 당신의 정신적 성향性向이 결정된다. 왜냐하면 정신과 영혼은 사상과 사고에 의해 물들여지기 때문이다.

  당신의 정신과 영혼을 다음과 같은 생각들로 채색해 보라. 예컨대, 인간은 어디서든 선량하게 살 수 있다. 따라서 궁전에서도 선량한 생활을 할 수 있다.

또한 모든 사물은 창조 이면에 존재하는 목적이 결정하는 방향에 따라 발전한다. 그리고 그것이 나아가는 방향에 도달점이 있고, 그 목적이 있는 곳에 각 사물의 이익과 복지가 있다. 이성을 지닌 인간에게 있어 복지는 바로 사회이다.

인간이 사회를 위해 만들어졌다는 것은 명백한 사실이다. 이러한 이성이 있는 인간이 이상으로 삼아야 할 선은 바로 이웃과의 평화이다. 또한 생명을 지닌 것은 생명을 지니지 않은 것보다 우월하며, 생명을 지닌 것 중에서 가장 우월한 것은 이성을 지닌 존재이다.

17 불가능한 것을 얻고자 하는 행위는 미친 짓과 같다. 그럼에도 불구하고 지각없는 자들은 그런 짓을 되풀이한다.

18 우리에게 본성의 힘으로 견뎌 내지 못할 일은 결코 일어나지 않는다. 다만 자기 자신에게 일어난 일을 제대로 알아차리지 못하거나, 혹은 비상한 용기와 정신력을 과시하고 싶은 마음에 위

축되지 않기 위해 그저 버틸 뿐이다. 따라서 그와 같은 무지나 허세가 지혜보다 더 강하다고 생각하는 것은 수치스러운 일이다.

19 외부에 있는 사물 그 자체는 영혼과 조금도 접촉할 수 없다. 또한 영혼은 다른 방향으로 돌리거나 옮길 수도 없다. 그러나 영혼은 스스로의 힘으로 자기 자신을 전환시키고 움직일 수 있으며, 적절한 사고와 판단으로 사물을 분별하고 적용한다.

20 인간들에게 선을 베풀어야 하고 그들의 결점이나 과오를 참아 내야 한다고 생각할 때, 인간은 내게 가장 가깝게 인식된다. 그러나 어떤 사람들이 내 본연의 행위를 가로막거나 방해하면, 인간은 내게 있어 태양이나 바람, 야수처럼 선택의 여지도 없이 전혀 무관한 존재가 된다.

물론 다른 사람들이 내 활동을 방해하는 것은 사실이지만, 그때그때 환경과 조건에 따라 작용하고 변화하는 능력을 지닌 내 감성이나 이성에는 장애가 되지 못한다. 왜냐하면 나의 의지와 기질은 늘 자제되어 스스로를 보호하고 그 환경에 적응하기 때문이다. 따라서 내 행동을 방해하는 것은 오히려 촉진제가 되며, 내 길을 가로막는 장애물은 내 본성에 따라 전진하는 데 도움이 된다.

21 우주에서 가장 고귀한 것을 존중하고 섬겨라. 그것이 만물을 돌보고 지배하는 것이다.

이와 마찬가지로 당신 자신에게 있어 최고의 것, 가장 고귀한 부분을 존중하라. 그것 역시 우주의 이치와 일치되는 것이다. 왜냐하면 그것은 당신 속에 있는 모든 것을 돌보고 지배하며, 당신의 삶 또한 그것에 의해 통제되기 때문이다.

22 사회에 해가 되지 않는 것은 그 구성원인 국민에게도 피해를 주지 못한다. 그럼에도 불구하고 자신이 무언가 피해를 입었다고 느껴진다면, '만일 이 사회가 피해를 입지 않았다면 나도 피해를 입지 않았다'는 원칙을 상기하라.

그러나 만일 사회가 실제로 피해를 입었다고 해도, 결코 그 해를 입힌 자에 대해 분노하지 말고, 잘못한 점을 찾아 지적해 주어라.

23 　지금 눈앞에 존재하는 사물이나 새로 생겨나는 사물이 얼마나 빨리 우리 곁을 스쳐 지나가는지를 상기하라.

　실체란 쉼 없이 흐르는 강물과 같으며, 사물의 활동은 끊임없는 변화이다. 그 활동은 영원한 변화를 가져오는 것이고, 그것의 원인 또한 영원한 변화를 거듭하는 것이다. 결국 이 세상에 정지해 있는 것이란 아무것도 없다. 모든 것이 영원 속으로 사라져 버리는, 과거와 미래라는 이 무한의 심연深淵을 생각하라.

　따라서 주위의 것들이 마치 영원히 변하지 않을 것처럼 생각하거나, 고통이 영원히 계속될 것처럼 고뇌하고 실의에 빠져 있는 자는 참으로 어리석다.

　그런 것들이 당신을 괴롭히는 것은 오직 한순간이며, 순식간에 지나가 버린다는 사실을 기억하라.

24 　우주의 총체적인 모습을 그려 보라. 당신은 그 속에서 극히 일부분만을 차지하고 있다. 우주의 무한한 시간 중 더 이상 쪼갤 수 없을 정도의 극히 짧은 순간만이 당신에게 할당된 양이다.

　또한 운명에 의해 결정된 것들을 생각해 보라. 그중에서 당신이 차지하고 있는 부분이란 얼마나 작고 보잘것없는 것인가!

25 다른 사람이 당신에게 잘못을 저지르고 있는가? 그렇다면 그것은 당신과는 무관한 일이며, 오히려 그 사람이 고려해야 할 문제이다. 그의 기분과 그의 행동은 어디까지나 그에게 속한 문제이다.

당신은 지금 우주의 섭리가 받아들이라고 하는 것을 받아들일 뿐이며, 본성이 원하는 행동만을 하고 있을 뿐이다.

26 쾌락이든 고통이든 육체의 감성이 영혼을 교란시키도록 방치하지 말라.

영혼을 육체의 감성과 결부시키지 말고 감성의 적당한 영역 내에서 국한시켜라.

그러나 만일 그러한 감성이 마음속에 생겨난다면, 굳이 그 육체적인 감각을 뿌리치려고 애쓸 필요는 없다. 단지 이러한 감각들을 선이나 악으로 판단하는 일만은 삼가야 한다.

27 신들과 더불어 살아가라.

신들과 같이 산다는 것은, 그들이 당신에게 부여한 것에 만족하고, 순순히 받아들이고, 이행하고 있음을 끊임없이 신들에게 보여 주는 것이다.

28 겨드랑이에서 고약한 냄새가 나거나 입에서 악취가 나는 사람에게 화가 나는가? 하지만 그러한 분노가 당신에게 무슨 소용이 있겠는가? 그의 겨드랑이가 그렇고 그의 입이 그러한 것을. 만약 상황이 그럴 수밖에 없었다면, 악취 역시 당연한 것이다.

그러나 어찌 됐든 그에게도 이성이 주어졌고, 그가 조금이라도 이런 사실을 고려해 본다면 무엇이 다른 사람을 역겹게 하는지 충분히 알 것이라고 생각하라. 그것이 옳은 생각이다.

또한 당신도 이성을 부여받은 사람이다. 당신의 이성으로 그 사람을 설득하여, 그로 하여금 당신과 같은 이성을 갖도록 설명하고 훈계하라.

만약 그가 당신의 말에 귀기울인다면, 당신은 그를 바로잡는 셈이니 분노할 필요도 없는 것이다.

29 저승에 가서 이러저러하게 살고 싶다고 생각하는 사람은, 이승에서도 그 삶을 실현할 수 있을 것이다.

그러나 만일 사람들이 그대로 하여금 그같은 삶을 허용하지 않는다면 그 즉시 이 세상을 떠나라. 단, 어떤 박해를 받았다는 생각은 하지 말라. 그저 '방에 연기가 자욱하여 밖으로 나가는 것' 쯤으로 여겨라. 수선을 떨 필요는 없다.

그러나 누군가가 그런 식으로 나를 내쫓지 않는 한, 나는 자유로이 이 집 안에 머물러 있겠다. 주인은 바로 나이기 때문이다. 그 누구도 나의 선택을 방해하지는 못한다. 나는 이성적이고 사회적인 동물의 본성에 맞는 삶을 선택하고 행동할 것이다.

30 우주의 이성은 사회적인 것이다. 따라서 우주는 보다 우월한 것을 위해 열등한 것을 만들었으며, 또 우월한 것끼리 서로 조화를 이루도록 해 놓았다.

우리가 알고 있듯이 우주의 이성은 각각의 사물에 저마다의 가치를 부여했으며, 질서를 세우고, 격식을 주고, 적당한 위치를 지정해 놓았다.

31 당신은 지금까지 신들에 대해, 부모, 형제, 자녀, 스승, 친구, 친척, 하인들에게 어떻게 처신해 왔는가? "말이나 행동에 있어 어느 누구에게도 누를 끼친 바가 없다"라는 말이 나올 수 있도

록 행동해 왔는가?

또 당신은 오늘날까지 얼마나 많은 것들을 경험했으며, 얼마나 많은 것들을 참아 냈는지 생각해 보라. 당신의 한 생애가 끝나고 타인에 대한 봉사도 막을 내린 지금, 그동안 얼마나 많은 아름다운 것들을 봐 왔으며, 얼마나 많은 고통과 쾌락을 경멸해 왔는지, 또 멸시의 눈으로 바라본 수많은 영광, 그리고 못되고 경박한 인간들에게 보여 준 그 많은 친절과 배려를 돌이켜 보라.

32 미숙하고 무지한 사람들이, 어떻게 유능하고 현명한 사람들을 당황하게 할 수 있을까?

그런데 진실로 유능하고 현명한 영혼의 소유자란 누구를 의미하는가?

그것은 우주의 시작과 끝을 알고, 모든 실체에 널리 퍼져 있으며, 일정한 주기에 따라 영원히 우주를 다스리는 이성을 아는 영혼, 오직 신뿐이다.

33 머지않아 당신의 육체는 앙상한 뼈만 남아 끝내는 한 줌의 재가 될 것이다. 그리고 남는 것이라곤 이름뿐, 아니 그 이름조

차도 금세 사라질 것이다.

인간들이 인생에서 소중히 여기는 것들은 모두 공허하고 헛된 것이다. 인간들은 서로를 물어뜯는 강아지나, 싸웠다가는 금방 웃고 또 금방 울음을 터뜨리는 어린애와 다를 바 없다. 믿음과 겸양과 정의와 진리는 '험악한 대지를 떠나 멀리 올림포스산으로 올라'[2] 그 자취를 감추고 말았다. 그럼에도 당신을 아직까지 이 지상에 붙잡아 두고 있는 것은 무엇인가?

감각의 대상이란 수시로 변하고 잠시도 머물러 있지 않으며, 쉽게 오도되고 둔해지는 것이다. 가엾은 영혼 그 자체도 피로부터 증발된 증기에 불과한 것인데, 이같은 상황 속에서 명성과 찬양은 공허할 따름이다.

종말이 소멸이거나 혹은 다른 상태로의 이동이라 해도 상관없다. 당신은 그저 평온한 마음으로 기다리면 된다. 그렇다면 그 종말이 닥쳐올 때까지 필요한 것이란 대체 무엇인가?

그것은 바로 신을 경배하고, 다른 사람들에게 선행을 베풀며, 인내와 자제력을 키우고 정진하는 것이다. 그러나 자신의 허약한 육체와 호흡의 한계를 넘어선 것은 무엇이든 당신의 것이 아니며, 또한 당신의 능력에 속하는 것도 아님을 기억하라.

---

2) B.C. 8세기경 고대 그리스 서사시인 헤시오도스Hesiodos의 시구.

34 만일 당신이 올바른 길로 나아가고 자연의 순리에 따라 생각하고 행동한다면, 당신의 여생은 평온하게 흘러갈 것이다.

인간과 신의 영혼, 모든 이성적 존재의 영혼에는 두 가지의 공통점이 있다.

첫째는, 외적인 요소로부터 절대 방해를 받지 않는다는 것. 둘째는, 정의와 선의 자질과 그 실천에 전력을 기울인다는 것이다. 그리고 이것만이 당신의 욕망을 자제시킬 수 있다.

35 만일 이것이 내 잘못이 아니고, 내 잘못의 결과도 아니며, 또한 사회 질서에 해악을 끼치는 것도 아니라면, 그 일에 신경을 쓸 이유가 어디 있겠는가? 또 그것이 사회에 어떤 해악을 끼칠 수 있겠는가?

36 당신의 능력이 허락하고 그럴 만한 가치가 있는 일이라면 도움이 필요한 사람들을 도와 주어라.

그러나 만일 무분별하게 이끌린 것이 도덕적으로 별로 중요하지 않다면, 그들이 상처를 입었다고 생각하지 말라. 그것은 옳은 생각이 아니다. 그럴 때는 옛 노인처럼 행동하라. 그 노인은 세상

107

을 떠날 때 노예 소녀의 팽이가 필요 없음에도 그것을 소중한 보물로 인정하고 굳이 달라고 청했다.[3]

나는 한때 행운을 잡았던 사람이었으나, 그것을 잃어버리고 말았다. 그것이 어떤 것이었는지는 나도 모른다. 그러나 나는 행복하다. '행복하다'는 감정은 나 자신에게 스스로 부여하는 것이다.

나는 이제까지 행운의 총아였다. 행운이란 영혼의 선한 기질이며, 선량한 감정, 선량한 행위인 것이다.

---

3) 노인은 소녀에게 있어 그 팽이는 아주 소중하고 귀중한 보물이라고 생각했던 것이다. 이와 마찬가지로 마르쿠스는 다른 사람의 어려운 처지를 보면 동정해야 한다고 말했다. 실제로 아무런 피해를 입지 않았다고 해도 그렇게 해야 한다는 것이다.

자연의 순리에 대하여

제6장

마케도니아의 알렉산더 대왕과 그의 마부도 죽음 앞에서
만큼은 공평했다. 그들은 모두 똑같이 우주의 생성 요소
로 환원되었거나 원자들 속으로 흩어져 버린 것이다.

1 우주에 속한 물체는 온순하며 유연하다. 또한 그것을 지배하는 이성은 악을 행할 어떤 이유도 갖고 있지 않다. 왜냐하면 그 자체에 악을 행할 원인이 없기 때문에 그 어떤 것도 해를 입지 않게 되는 것이다. 또한 만물은 이 이성의 명령으로 탄생하고 완성된다.

2 자신의 의무를 수행할 때에는, 추위로 몸이 얼든 따뜻한 불가에 있든 상관하지 말라. 수면 부족을 느끼든 충분한 수면을 취했든, 악담을 듣든 칭찬을 듣든, 죽음에 직면하든 다른 작은 일에 직면하든 아무런 차이가 없다는 것을 명심하라. 왜냐하면 우리의 죽음 또한 삶의 한 행위이기 때문이며, 의무를 수행하듯 죽음을 받아들여야 하기 때문이다. 그러므로 죽는 순간까지도 일이 잘 진행되고 있는지 살펴보아야 한다.

3 사물의 내면을 관찰하라. 어떤 것이든 각각의 독특한 본성과 가치를 지니고 있기 때문에, 어느 한 부분도 소홀히 넘겨서는 안 된다.

4 눈에 보이는 것은 모두 순식간에 변화한다. 우주의 모든 물질이 통합한다면, 승화에 의해서건 원소들의 분리에 의해서건 증기로 환원되거나 소멸함으로써 변화할 것이다.

5 우주의 지배자인 이성은, 자신의 성질이 어떠하고 자신의 행위가 어떠한 것이며, 어떤 근거를 갖고 그런 활동을 하고 있는지 완전히 이해하고 있다.

6 가장 좋은 복수는 가해자인 상대방과 같아지지 않는 것이다.

7 늘 신을 생각하라. 그리고 사회에 대한 봉사를 아끼지 않는 마음과, 실천하는 데에서 오는 만족과 기쁨을 느끼고 그 속에 안주하라.

8   인간을 지배하는 이성은, 스스로 각성하고 스스로 길을 찾는다. 그리고 원하는 대로 자신을 변형시킬 수 있을 뿐만 아니라, 주위에 있는 일체의 것을 원하는 형태로 변형시킬 수도 있다.

9   만물은 우주적 자연이 명령하는 바에 따라 이루어진다. 왜냐하면 밖에서 포용하는 것이든 그 자체에 내포되어 있든, 혹은 완전히 독립되어 초연하게 존재하든 간에, 우주적 자연과 대등한 것은 아무것도 없기 때문이다.

10   우주는 여러 가지가 제멋대로 뒤얽힌 혼탁한 것인가, 아니면 질서와 섭리의 통합체인가?

만일 우주가 전자의 것이라면, 왜 그렇게 목표도 없이 혼란스러운 와중에 생존을 고집하며 구차하게 머물겠는가? 결국 흙으로 돌아가고 말 거라는 사실 외에 다른 것까지 신경 쓸 까닭이 어디 있겠는가? 내가 무엇을 하든 머지않아 필연적으로 분해 작용이 시작될 텐데, 내 머릿속을 괴롭힐 이유가 어디 있겠는가?

그러나 만일 후자의 경우라면, 나는 우주 지배자의 권능을 경배하고 그것을 신봉하겠다.

11　만일 주위 환경이 마음의 평정을 방해한다면 그 즉시 자기 본성으로 돌아가 그것을 회복하라. 절대 주위의 강압적인 분위기에 동요되지 말라. 끊임없이 자기 이성을 회복함으로써 마음을 지배하는 능력을 고양시킬 수 있을 것이다.

12　만일 당신에게 생모와 계모가 함께 있다면, 당신은 계모에게도 자신의 본분을 다해야 한다. 하지만 당신의 솔직한 심정은 끊임없이 생모를 향해 있을 것이다.

이와 마찬가지로 당신에게는 지금 서로 다른 두 가지가 있다. 즉 궁정 생활과 철학이다. 당신이 철학으로 마음의 안식을 얻는다면, 그로 인해 궁정 생활도 좀더 나아질 것이다.

13　당신 앞에 놓인 고기나 맛좋은 음식을 보고 이렇게 생각해 보라.

'이것은 어떤 물고기의 시체이고, 이것은 어떤 새나 돼지의 시체다. 팔레르노 포도주도 결국엔 포도송이에서 짜낸 즙에 불과하며, 자줏빛 의복도 조개에서 얻은 피로 양의 털을 물들인 것이다.'

이와 같은 생각은 사물을 바라봄에 있어서 그 본성을 꿰뚫게

한다. 당신은 바로 이런 사고방식을 당신의 인생 전체에 적용시켜야 한다.

어떤 사물의 신뢰도가 높다고 해도, 그 선입견에서 벗어나 그것을 찬미하는 모든 것들을 제거한 다음, 그 본래의 모습을 볼 수 있어야 한다.

왜냐하면 겉으로 나타나는 모습이야말로 이성을 뒤집어 놓는 가장 위험한 것이며, 가장 신비하다고 확신하는 대상이야말로 가장 기만적이기 때문이다.

14 일반 대중이 찬미하는 사물은 대부분 가장 일반적인 종류의 사물일 뿐이다. 즉 자연에 의해 결합되고 생성된 사물인 돌·나무·무화과·포도·올리브 등이 여기에 해당한다.

약간 교양이 있는 인간들은 생명을 지닌 사물들, 즉 양 떼나 소, 말 등 가축 따위에 끌린다. 이들보다 한층 더 세련되고 깨우침을 얻은 자들은 이상적인 영혼을 찬양한다. 여기서 이상적인 영혼이란, 비록 보편적인 우주의 영혼은 아닐지라도, 공예나 수예 등과 같은 다른 재능을 말한다.

그러나 합리적이고 보편적이며 사회적인 관계 등을 중요시하는 인간들은, 그 밖의 다른 어떤 것도 존중하지 않는다. 그들은 오직 자신의 영혼을 이성과 사회 활동에 적합한 상태로 유지하는 것을 목표로 한다. 그리고 자신의 동료들과 함께 이 목적을 추구하며 협력해 나간다.

15 어떤 것은 생존하기 위해 서두르고, 또 어떤 것은 그 존재에서 벗어나기 위해 서두른다. 어떤 사물은 이제 막 존재가 되어가는 과정에 있고, 또 다른 것은 서서히 죽어 간다. 시간의 끊임없는 흐름이 무한의 시간을 항상 새롭게 하듯, 운동과 변화는 끊임없이 이어지며 모든 것을 새롭게 만든다.

그렇다면 거칠게 굽이치는 이 흐름 속에서, 눈앞을 스쳐 지나가는 삼라만상 속에서 인간은 무엇을 붙잡아야 하는가? 그것은 마치 눈앞에서 날아오르는 새 한 마리를 잡으려는 것과 같으나, 그 새는 순식간에 사라져 버린다.

인간의 삶은 한 모금의 호흡에 지나지 않는다. 왜냐하면 매 순간 들이마신 공기를 다시 내뿜어야 하는 것처럼, 어제, 혹은 그제, 당신이 태어날 때 받았던 모든 것을 그 근원으로 다시 되돌려 주어야 하기 때문이다.

16 발산 작용을 한다는 것을 대단한 것으로 평가해서는 안

된다. 식물도 발산 작용을 하기 때문이다. 또한 호흡 작용을 한다는 사실 역시 대단한 것으로 생각해서는 안 된다. 야생 동물이나 가축도 숨은 쉬고 있다. 사물의 피상적 외관에서 받는 인상이나 욕망에 의해 움직이는 것, 음식을 소화시키는 것 역시 가치를 부여할 수는 없다. 그런 것들이야말로 단순한 배설에 불과하기 때문이다.

그렇다면 우리가 중요시해야 할 것은 무엇인가? 많은 사람들로부터의 갈채와 찬사? 아니다. 헛바닥으로 치는 박수와 갈채야말로 무가치하다. 명예라는 환상이 걷히고 난 다음 소중한 것이 무엇이겠는가?

자신의 본성에 따라 행동하고 절제하라. 그것이야말로 모든 노력과 재능이 목표로 하는 것이다. 왜냐하면 모든 재능은 그 목표대로 만들어졌고, 그 목표에 의해 움직이기 때문이다. 포도나무를 손질하는 정원사나, 말을 길들이는 마부나, 개를 훈련시키는 조련사도 모두 이런 것을 목표로 한다. 또한 모든 스승 역시 이러한 목표를 갖고 노력하고 있다. 그러므로 우리는 여기에서 가치를 찾아야 하며, 일단 이것을 목표로 삼은 이상 다른 무엇도 더 이상 당신을 유혹하지 못할 것이다.

당신이 품고 있는 다른 야망을 포기하라. 그러지 않으면 당신은 스스로의 주인이 될 수 없으며, 자신에 대한 만족감도 얻지 못하고, 또한 번뇌의 늪에서도 벗어나지 못할 것이다. 당신은 이러한 것들을 빼앗는 자들을 시기하고 질투하고 의심할 것이며, 당신이 부러워하는 재물을 가진 자들에 대해서는 모략을 꾸미게 될 것이다. 하지만 사물을 탐하는 인간들은 필연적으로 철저한 갈등에 빠질 수밖에 없으며, 심지어는 신을 저주하는 죄까지 범하게 될 것이다.

만약 자신의 이성을 존중하고 명예롭게 생각한다면 당신은 스스로에 대해 만족을 느끼고 사회와 조화를 이룰 것이다. 또 신과 화해할 것이며, 신이 할당하고 규정하는 것에 순응하여 모든 것들을 찬미하게 될 것이다.

17 우리의 위아래·좌우, 모든 곳에서 원소들이 움직이고 있다. 그러나 미덕의 움직임은 이와 다르다. 그것은 신성한 것이며, 보이지 않는 길을 통해 행복으로 나아간다.

18 인간의 습성이란 참으로 이상하다. 그것은 자신과 동시대를 살아가는 이웃들을 칭찬하는 것에는 인색하면서도, 실제로 한 번도 본 적 없고 앞으로도 영원히 볼 일이 없는 후손들에게 찬사를 보내는 것에는 큰 의미를 둔다.

그러나 이런 것은 조상들이, 후손인 당신을 칭찬해 주지 않는다고 슬퍼하는 것과 다를 게 없다.

19　만일 어떤 일을 스스로의 힘으로 이룩할 수 없다고 할지라도, 처음부터 안 되는 일이라고 생각해서는 안 된다. 인간의 본성과 일치하고, 인간의 능력에 적절하다면 반드시 이룰 수 있다고 생각하라.

20　운동 경기를 하는 도중, 누가 당신을 손톱으로 할퀴거나 머리로 들이받아 타박상을 입혔다고 가정하자. 이 경우 우리는 어떤 항의를 하거나 모욕을 느끼지는 않는다. 왜냐하면 상대방이 악의를 품었다고는 생각하지 않기 때문이다. 그럼에도 경기를 진행하는 동안에는 그를 경계하게 된다. 하지만 이때의 경계란 적개심이나 의구심에 의한 것이 아니라, 단지 그의 일격으로부터 벗어나기 위한 것이다.

인생의 다른 부분에서도 마찬가지이다. 인생이라는 경기장에서도 상대방의 실수에 대해 관용을 베풀어라. 상대가 약간의 파울을 범했다고 해서 의심하거나 악의를 품지 말라. 이것은 누구나 할 수 있는 쉬운 일이 아닌가?

21 만일 누군가 내 생각이나 행동이 옳지 못하다는 것을 지적하고 그것을 나에게 이해시킨다면, 나는 기꺼이 잘못된 태도를 바꿀 것이다. 왜냐하면 나는 진리를 탐구하는 사람이며, 아직까지 진리로 인해 해를 입은 사람은 없기 때문이다. 그러나 자신의 환상에 사로잡힌 채 오류와 무지에 머물러 있는 사람은 분명 해를 입을 것이다.

22 나는 내가 마땅히 해야 할 의무를 수행한다. 다른 어떤 것도 내 마음을 흔들거나 괴롭히지 않는다. 왜냐하면, 여기서 다른 것들이란 생명이 없거나, 이성이 없거나, 아니면 정체성 없이 막연하게 방황하는 것들이기 때문이다.

23 이성이 없는 동물이나 물질에 대해 관대하라. 당신은 이성을 부여받았지만, 그들은 그렇지 못하기 때문이다.

그러나 이성을 가진 인간들에 대해서는 우애를 갖고 대하라. 모든 경우에 있어 신들의 도움을 청하되, 기도하는 시간의 길고 짧음에 대해 불평하지 말라. 아무리 긴 기도라도 세 시간이면 충분하다.

24 마케도니아의 알렉산더 대왕과 그의 마부도 죽음 앞에서만큼은 공평했다. 그들은 모두 똑같이 우주의 생성 요소로 환원되었거나 원자들 속으로 흩어져 버린 것이다.

25 우리의 내부에서 동시에 일어나고 있는 육체적 사건과 영혼에 관한 사건이 얼마나 많은지 생각해 보라.

그러면 존재하는 모든 것들의 집합체, 하나이자 전체인 우주 Cosmos라고 부르는 것 속에는, 엄청난 수의 생성과 멸망이 동시에 존재할 수 있다는 사실을 알게 될 것이다. 또 그것이 조금도 이상하지 않을 것이다.

26 만일 어떤 사람이 당신에게 안토니누스라는 이름의 철자를 어떻게 쓰는지 물어 온다면, 당신은 어떻게 대답할 것인가? 퉁명스런 목소리로 대답할 것인가? 그리하여 상대방이 화를 낸다면 당신도 덩달아서 언성을 높이겠는가? 차라리 조용한 목소리로 침착하게 그 철자들을 하나하나 일러주는 것이 어떤가?

여기서 당신이 명심할 것은, 인생에 있어서의 모든 의무 역시 몇 개의 분리된 항목으로 구성되어 있다는 점이다.

주어진 소임을 이행하는 것은 당신의 의무이다. 소란을 피우지 말고, 당신에게 화내는 사람과 똑같이 언성을 높이지 말며, 당신 앞에 놓인 임무를 완수하는 데에만 최선을 다하라.

27 당신에게 이익이 된다고 여겨지는 것에 관심을 갖고 추구할 권리를 빼앗긴다는 것은 얼마나 잔인한 일인가?

누군가의 잘못을 보고 분노하는 당신의 처사는, 어떻게 보면 위와 같은 잔인한 행위에 해당한다. 왜냐하면 당신의 분노를 불러 일으킨 그는, 따지고 보면 자신의 관심사와 이익을 추구했을 뿐이 기 때문이다.

그가 정말로 잘못을 저질렀다고 판단된다면 그를 일깨워 주어 라. 노여워 말고 그의 잘못을 지적해 주어라.

28 죽음이란 감각으로부터 오는 인상과 인식의 정지, 욕망 을 움직이는 끈의 절단, 사유의 방황, 육체에 대한 봉사 행위의 정 지이다.

29 육체가 아직 쇠퇴하지 않았는데, 영혼이 먼저 스스로를 버린다는 것은 부끄러운 일이다.

30 황제의 냄새를 풍기거나 그 삶을 탐닉하거나 제왕 의식에 깊이 물들지 않도록 조심하라. 언제나 소박하고 선하고 진지하도록 노력하라. 허식을 버리고 정의를 사랑하며 자기 의무에 충실하라. 항상 친절하고 관대하며, 올바른 행위를 추구하도록 자신을 가꾸어라. 또 철학이 요구하는 사람이 되도록 최선을 다하라. 신들을 공경하고 백성들을 돌보며 보호하라.

인생은 짧은 것, 이 지상의 생활에서 거둬들일 유일한 수확은 단 한 가지뿐이다. 바로 겸허하게 신성을 유지하고 외부적으로 자기를 희생하는 것이다.

모든 일에 있어 선제先帝 안토니누스의 제자로서 행동하라. 이성에 순응했던 그의 자세와, 어떤 경우에도 흔들림 없었던 침착성과 온건함, 겸허함과 우아함, 가식 없는 태도, 사물을 올바르게 이해하려는 노력과 열성을 기억하고 실천하라.

그는 행동하기에 앞서 항상 행동할 내용을 검토하여 완전히 파악하고 나서야 움직였으며, 그 어떤 것도 소홀히 넘긴 일이 없었고, 부당하게 그를 비난하던 사람에 대해서도 묵묵히 침묵했으며, 결코 서두르는 법이 없었고, 비방과 중상에는 귀기울이지 않았다.

또한 사람들의 성품과 행동을 공정하게 판단하고, 남을 탓하거나 비판하지 않았으며, 의심하거나 시기하지도 않았고, 소문을 두려워하지 않았으며, 궤변을 늘어놓지도 않았다.

그는 집이나 잠자리, 의복과 식사가 완벽하지 않아도 항상 만족했으며, 근면하고 인내심이 강했다. 그는 일하기를 좋아하여 정해진 식사 시간을 제외하고는 아침부터 저녁까지 쉼 없이 한 가지 일에 몰두할 정도였다. 또한 밤에 향연을 베풀 때에는 얼마나 철저하게 절약했던가.

그는 벗과의 우정에도 항상 변함이 없었으며, 자기 의견에 반대되는 사람에게도 언론의 자유를 허용했고, 다른 사람이 좋은 것을 가르쳐 주면 그것을 즐거워했다. 그는 추호도 미신을 믿지 않았고 신들을 공경했다.

당신에게 죽음의 순간이 다가왔을 때 평안한 마음을 가질 수 있도록, 위에 열거한 모든 것들을 본받도록 노력하라.

31 맑은 정신으로 돌아가서 당신의 참된 자아를 찾아라.

잠에서 깨어나라. 그리하여 당신을 괴롭혔던 모든 것이 단지 꿈에 불과했었다는 것을 깨닫고, 잠든 눈이 아니라 깨어 있는 눈에 비치는 참모습을 직시하라.

32 나는 작은 육체와 영혼으로 이루어져 있다. 그런데 육체는 만물에 대해 무관심하다. 육체는 만물을 식별할 능력이 없기 때문이다.

한편 영혼은 영혼 자신의 활동을 제외하고 다른 모든 것은 그다지 중요하지 않다. 그런데 영혼의 모든 활동은 영혼의 지배를 받고 있다. 영혼의 활동 중에서도 영혼이 관계하고 있는 것은 오직 현재의 활동뿐이다. 왜냐하면 미래와 과거의 활동 그 자체는 현재와 아무런 관계가 없기 때문이다.

33 손과 발이 각자 맡은 일을 하는 것이 이상할 것은 아무것도 없다. 마찬가지로 인간이 일을 하는 것 역시 인간의 본성에 어긋나지 않는다.

그러므로 그 일을 수행함에 있어 고통이 따른다 해도, 인간의 본성에 어긋나는 것이 아니라면, 그 고통 역시 결코 해악일 수 없다.

34 강도와 성도착자, 친부를 살해한 자, 폭군들은 얼마나 터무니없는 기쁨 속에서 그들만의 쾌락을 추구했던가?

35 기술자들은 기술이 없는 고용주와 타협은 하지만, 자기들만이 소유한 기술의 원리와 노하우는 쉽게 알려주지 않으며 결코 그것으로부터 벗어나지 않는다.

만일 건축가나 의사가, 인간과 신에게 공통된 법규보다 자신들의 기술을 더 존중한다면 기막힌 일이 아닌가?

36 아시아와 유럽은 우주의 한 귀퉁이에 지나지 않는다. 모든 바다 역시 한 방울의 물과 같다. 저 아토스산은 조그만 흙덩어리에 불과하며, 저 장대한 시간도 영원 속에 찍힌 하나의 미세한 점일 뿐이다.

모든 사물은 변화하고 소멸한다. 만물은 하나의 원천에서 나오는데, 이는 우주적 이성으로부터 직접, 혹은 간접적으로 변형되어 나오는 것이다. 사자의 벌린 입이나, 치명적인 독, 관목의 가시, 마약 같은 독극물 등 모든 해로운 것들조차도 어떤 고상하고 미려한 존재들의 부산물인 것이다.

그러므로 이런 것들이 당신이 존경하고 섬기는 것들과 별개의 것에 속한다고 생각하지 말라. 또한 모든 존재의 원천은 하나라는 사실을 명심하라.

37 존재하는 사물을 본다는 것은 현재의 모든 것과 태고부터 존재해 온 모든 것, 그리고 미래에 나타나고 벌어질 모든 것들을 본다는 것이다. 왜냐하면 모든 사물은 한 종족이며, 같은 형태를 지녔고, 하나의 구성 원리를 갖고 있기 때문이다.

38 우주의 모든 존재가 지닌 연관성과 그 상호관계에 대해 끊임없이 고민하라.

삼라만상이 서로 얽혀 있는 것이며, 친밀한 관계 속에서 깊은 유대를 맺고 있는 것이다. 실체의 결합과 응력應力의 흐름이 작용하여 발생하는 것이며, 사물의 질서와 통일성 역시 마찬가지다.

39 운명에 의해 당신에게 부여된 모든 환경에 적응하라. 그

리고 당신과 함께 살아가야 할 운명을 지닌 이웃들을 진실로 사랑하라.

40 모든 기구와 연장과 도구들이 본래 만들어진 목적대로 쓰인다면 만든 사람이 없더라도 그것으로 족하다. 반면 자연이 만들어 낸 사물의 경우 그것들을 탄생시킨 힘은, 그 속에 그대로 내재되어 있다. 그러므로 우리는 이 힘을 존중해야 한다. 이 힘의 의지에 따라 순응하여 활동하고 행동한다면, 모든 것이 당신의 마음에 들게 될 것이다.

41 당신의 권한이 미치지 않는 사물에 대해, 선 혹은 악이라고 추측하지 말라. 그렇게 되면 당신은 악한 것이 나타나고 선한 것이 사라졌을 때, 반드시 신들을 저주하고 사람들을 미워할 것이다. 왜냐하면 신들이나 사람들이 불행이나 상실의 원인일지도 모른다고 의심하기 때문이다. 그리고 실제로도 우리 스스로 이런 차별을 만들어 내기 때문에 많은 부정을 행하게 되는 것이다.

반대로 우리의 능력에 미치는 사물에 대해 선이다 악이다 하는 판단을 내린다면, 신들에게서 잘못을 찾거나 사람들에게 적대적인 태도를 취하지 않게 될 것이다.

42 우리는 모두 같은 목적을 갖고 함께 일한다. 어떤 사람은 이 목적을 고려해 지식을 갖추고 계획을 세우지만, 어떤 사람은 아무 생각 없이 참여한다. 이에 대해 헤라클레이토스는 "심지어 자고 있는 사람도 우주에서 일어나는 일들을 함께 엮어 가는 협조자이다"라고 했다.

인간들은 각기 다른 방식으로 협력하고 있다. 더러는 일의 흐름을 막으려고 온갖 음모를 꾸미는 악의에 찬 인간도 있는데, 그런 사람조차도 그 나름의 큰 역할을 맡고 있는 것이다. 우주는 그런 사람까지도 필요로 한다. 따라서 우주의 이성은 당신에게서 분명 어떤 장점을 발견할 것이고, 목적 달성을 위한 집단의 구성원으로 받아 줄 것이다.

당신이 어떤 부류의 협력자에 해당하는지 생각해 보라. 이때 '무대 위의 광대처럼 야비하고 한심한 역할'은 맡지 않도록 주의하라.

43 태양은 비의 할 일을 대신하지 않는다. 또 애스쿨라피우

스가 데메테르Demeter[1]의 역할을 대신하는 법도 없다. 밤하늘의 별들은 어떠한가? 그것들은 서로 다르면서도, 모두가 같은 목적을 위해 함께 일하고 있지 않은가?

44 만일 신들이 나에 대해, 그리고 내게 일어날 일에 대해 함께 상의하여 계획을 세웠다면, 그것은 틀림없이 좋은 결정일 것이다. 왜냐하면 예지력이 없는 신은 있을 수 없으니 말이다.

신들이 무엇 때문에 나를 해치겠는가? 무엇 때문에 그러한 일을 바라겠는가? 그것이 도대체 신들이나 혹은 그들의 섭리에 특수한 목적인 전체에 있어서 어떤 이익이 되겠는가? 하지만 그들이 나에 대해 고려하지 않았다고 해도, 적어도 전체를 위해서는 많은 고민을 했을 것이다. 또 그것에 의해 결정했을 것이다.

그러므로 나는 그 계획과 결정의 결과로서 일어나는 모든 일들을 기꺼이 받아들이고 만족해야 한다. 만일 신들이 아무런 계획도 세워 놓지 않았다면, 우리는 신들에게 제물을 바친다든지, 기도를 한다든지, 맹세를 한다든지, 혹은 신들이 곁에 존재한다는 것을 인정하는 조건하에 행하는 그 어떤 행동도 하지 않았을 것이다.

그러나 그것이 사실이라 하더라도, 즉 신들이 우리 인간들을

---

1) 그리스 신화에 나오는 곡물 또는 대지의 여신.

위해 특별히 계획을 세워 놓지 않았다 하더라도, 나는 나 자신을 위해 계획을 세울 수 있으며, 이익을 도모할 수도 있다.

자기 자신의 본질과 본성에 일치하는 행동은 모두 유익한 것이다. 나의 본성은 이성적이며 사회적이다. 나에게는 나의 국가와 도시가 있다. 나는 마르쿠스이며 나에게는 로마가 있다. 또한 인간으로서의 우주를 가지고 있다. 따라서 이 모든 것에 유익한 것만이 내게도 유익한 것이다.

45 모든 사람에게 벌어지는 각각의 일들은 우주의 이익을 도모하기 위한 것이며, 그것만으로도 충분하다.

그러나 당신이 좀더 세밀히 관찰해 본다면, 어떤 사람에게 이로운 것은 다른 사람에게도 이롭다는 보편적인 진리를 발견하게 될 것이다.

46 원형극장과 같은 오락 장소에서 흔히 일어나는 일이지만, 되풀이되는 똑같은 광경이나 천편일률적인 획일성은 구경꾼들을 따분하게 만든다. 경기의 단조로움은 구경 자체의 흥미를 떨어뜨리는데, 인생에서 얻게 되는 경험도 마찬가지이다. 왜냐하면

만물은 전부 같은 것이며, 오직 하나의 원천에서 나오기 때문이다. 승리의 길이든 실패의 길이든 결국 모두 같다.

47   모든 민족의 사람들과 그들이 기울였을 온갖 종류의 노력, 지금은 모두 죽고 사라진 무수한 인간 군상들을 떠올려 보라. 필리스티온Philistion, 푀부스Phoebus, 오리가니온Origanion 등의 수많은 종족들을 생각해 보라.

거기에는 수많은 대웅변가와 피타고라스[2], 소크라테스, 헤라클레이토스 같은 대철학자들이 있으며, 수많은 영웅들과 장군들, 그리고 폭군들이 있다. 뿐만 아니라 에우독서스[3], 히파르코스[4], 아르키메데스[5]와 같은 무수한 천재들이 있고, 또한 메니푸스[6]와 그의 학파들이 그랬던 것처럼 인간의 덧없는 하루살이 인생을 조롱하던 이들도 있었다. 그러나 그들은 모두 지금 어디에 있는가? 오래전에 죽어 사라진 그들을 상기해 보라. 현재 그들이 죽고 없다고 해서 불행하다고 말할 수 있겠는가?

---

[2] 그리스의 철학 · 수학 · 종교가. '피타고라스 정리'로 유명함.
[3] 그리스 수학자, 천문학자. 피타고라스학파의 대학자인 아르큐타스에게서 기하학을, 테오메돈에게서 의학을, 플라톤 밑에서는 천문학과 수학을 배웠다.
[4] 그리스의 천문학자. 천체의 조직적 관측과 그 운동의 수학적 처리의 원조로 알려져 있다.
[5] 그리스의 천문학 · 수학 · 물리학자. 나선을 응용해 만든 양수기는 '아르키메데스의 나선식 펌프'로 불리며 지금까지도 관개용으로 쓰이고 있다. 지렛대 원리 이용에 뛰어났다.
[6] 그리스 키니코스학파의 철학자. 신랄한 풍자의 글을 많이 썼다.

우리가 소중히 섬길 교훈은 딱 한 가지이다. 바로 진실과 정의로움 속에서 살아야 하며, 옳지 못한 자와 거짓말을 일삼는 자들에게까지도 관용을 베풀어야 한다는 것이다.

48 정신의 활력을 얻고자 할 때에는, 당신과 함께 살고 있는 주변 사람들이 지닌 여러 가지 미덕을 생각하라. 예컨대 누구는 활달하고, 누구는 겸손하고, 또 누구는 남을 위한 희생이 강하다는 식으로 수많은 사람들의, 수많은 미덕들을 생각하는 것이다.

마음의 우울을 치료하는 데에는, 사람들의 인격에서 나타나는 각기 다른 미덕을 보는 것, 또 그것들이 유감없이 발휘되는 것을 바라보는 것보다 더 훌륭한 처방은 없을 것이다.

49 당신은 현재의 몸무게가 3백 파운드에 못 미친다고 해서 한탄하지는 않을 것이다. 그렇다면 더 오래 살 수 없다고, 당신에게 주어진 수명밖에 살지 못한다고 슬퍼할 이유가 무엇인가?

당신에게 할당된 육체의 크기에 만족하는 것처럼, 당신에게 할당된 시간의 길이에 만족하라.

50 　우리는 설득을 통해 상대방의 마음을 움직이려고 한다. 그것이 정의에 입각한 것이라면, 상대방이 아무리 반대한다고 해도 주저하지 말라.

어떤 사람이 당신을 방해하기 위해 완력을 행사한다면 다른 방법을 택하라. 즉, 분노하지 말고 한발 물러서서, 그 장애물을 다른 미덕을 행하는 데에 이용하라. 당신의 행동은 잠정적으로 유보된 것으로, 결코 불가능한 것이 아니었다는 것을 명심하라.

그렇다면 그 목표는 무엇인가? 그것은 바로 다시 시도해 보는 것이다. 그 점에 있어서 당신은 성공한 것이며, 동시에 당신의 존재의 목적도 달성한 것이다.

51 　야망이 있는 사람은 타인이 이룩한 것을 자신의 이익을 위해 이용하고, 쾌락을 좇는 사람은 감각을 위해서 이용한다.

그러나 이성을 가진 사람은 자신의 행동 속에서 그 미덕을 찾는다.

52 　어떤 사물에 대해 관념을 갖지 않거나, 영혼을 혼란에 빠뜨리지 않는 것은 우리의 권리이다. 왜냐하면 사물 그 자체는 우

리의 판단을 형성할 아무런 힘도 갖고 있지 않기 때문이다.

53 다른 사람의 말을 경청하는 습관을 가져라. 그리고 될 수 있는 한, 말하는 사람의 마음속으로 빠져 들어라.

54 벌 떼 전체에게 이롭지 못한 것은, 단 한 마리의 벌에게도 이익이 되지 못한다.

55 선원이 선장을 욕하고 환자가 의사를 욕한다면, 결과는 반드시 좋지 않다. 서로를 헐뜯는다면 누가 안전과 건강을 보장할 수 있겠는가?

56 나와 함께 이 세상에 태어난 사람들 중에 얼마나 많은 사람들이 사라져 버렸는가.

57 황달에 걸린 사람에겐 꿀이 쓰게 느껴지고, 미친개에게 물린 사람은 물이 공포를 불러일으키며, 어린아이들에겐 공 한 개도 소중하게 느껴진다.

그렇다면 당신은 어찌하여 분노하는가? 그릇된 생각이 인간에게 미치는 영향이, 황달 걸린 사람의 담즙이나 미친개의 독보다 약하다고 생각하기 때문에 울화가 치미는 것인가?

58 당신이 자신의 본성이 지닌 이성에 따라 살아가는데 과연 누가 방해할 것인가? 우주의 법칙에 어긋나는 일은 결코 당신에게 일어나지 않는다.

59 쾌락을 추구하는 인간들은 얼마나 가련한 존재인가? 그들의 목적과 행위는 얼마나 비열한가?

시간은 이 모든 것을 얼마나 빨리 삼켜 버리는가?

또 이미 얼마나 많은 것을 빼앗아 갔는가!

우주의 질서에 대하여

제7장

물질로 이루어진 모든 사물은 곧 우주의 본질 속으로 사라지고 만다. 결국 모든 인과관계는 순식간에 우주적 이성으로 되돌아가는 것이다. 또한 모든 것에 대한 기억조차도, 순식간에 영원이라는 시간 속으로 사라지고 말 것이다.

1   악이란 무엇인가? 그것은 당신이 지금까지 수없이 봐 온 것들이다. 마찬가지로 다른 종류의 일이나 사물도 언젠가 본 적이 있다는 사실을 기억하라. 당신은 이 세상 어디를 가더라도 동일한 사물을 발견할 것이다.

고대사나 근세사, 현대의 역사를 가득 채우고 있는 것도 모두가 비슷한 것들이며, 현재의 도시나 가옥들 역시 마찬가지이다. 결코 새로운 것이란 없다. 모든 것이 친근하고 낯익은 것이며, 또한 덧없을 뿐이다.

2   우리의 원칙이나 관념에 상응하는 사상이 사라지지 않는 한 그것은 소멸되지 않는다. 그러나 당신 안에는 이같은 사상을 부채질하여 끊임없이 불타게 하는 능력이 있다.

사물을 직시할 능력이 있다면 마음이 불안해질 이유가 없다. 마음 밖에 있는 사물은 당신의 마음에 조금도 영향을 주지 않는다. 이러한 마음가짐을 갖도록 하라. 그러면 당신의 마음이 똑바로 설 수 있을 것이다.

당신은 당신의 삶을 새롭게 할 힘을 지니고 있다. 지금처럼 있는 그대로 사물을 바라보라. 당신의 삶을 새롭게 하는 힘은 바로 거기에 있다.

3   지루하고 따분한 구경거리, 무대 위에서 벌어지는 연극, 양 떼와 소 떼, 창 싸움, 강아지들에게 던져진 뼈다귀, 연못의 물고기에게 뿌려진 빵 부스러기, 무거운 짐을 힘겹게 운반하는 개미들의 노역, 겁먹은 채 허겁지겁 달아나는 쥐들, 끈에 의해 조종되는 꼭두각시.

  당신은 이런 것들에 대한 경멸감을 버리고 항상 온화한 태도를 지녀야 한다. 또한 인간의 가치는 그 사람이 추구하는 대상의 가치와 동일하다는 것을 명심하라.

4   대화를 나눌 때는 모든 말에 주의를 기울여야 하며, 행동할 때에는 모든 동작에 주의를 기울여야 한다. 전자의 경우에는 그 말이 무엇을 의미하는지를 명확히 알아야 하며, 후자에 있어서는 그 행동의 목적이 무엇인지 간파해야 한다.

5   이것을 이해하는 데 나의 이해력은 충분한가? 만일 충분하다면 자연이 나에게 사용하라고 준 도구로써 이 이해력을 이용할 것이다. 그러나 만일 그것이 충분치 못하다면, 나는 그 일에서 물러나(단, 내가 그렇게 해서는 안 될 이유가 없다면) 나보다 더 잘할 수

있는 사람에게 양보할 것이다.

아니면 내 이성의 도움을 받아 선에 일치하는 유익한 일을 할 수 있는 사람의 도움을 빌려, 가능한 한 스스로 훌륭하게 그 일을 해낼 것이다. 내가 혼자서 하건 다른 사람의 힘을 빌어서 하건, 그 것은 사회의 이익에 적절한 것이기 때문이다.

6 얼마나 많은 사람들이 소리 높여 찬양을 받고 그 명성을 누리다가 망각의 늪으로 잊혀져 간 것일까?

또 그들을 찬양했던 많은 사람들은 어디로 사라져 버렸는가!

7 다른 사람의 도움을 받는 것을 부끄럽게 생각하지 말라. 당신이 해야 할 일은, 어느 도시의 성을 함락시키려는 병사처럼 그저 주어진 임무를 완수하는 것이다.

만약 절름발이인 당신이 도저히 혼자 힘으로는 성벽을 기어오를 수 없다면, 다른 사람의 도움을 받아 올라가면 되지 않겠는가!

8 　미래의 일로 인해 마음을 혼란케 하지 말라. 비록 부득이하게 그런 일과 맞닥뜨린다 하더라도, 당신이 가진 이성이라는 무기로써 당당히 맞설 수 있을 것이다.

9 　만물은 서로 얽혀 존재하고 그 유대는 매우 신성하다. 그것은 사물 자체가 서로 동등하며, 동일한 질서를 형성하기 위해 결합하기 때문이다.

따라서 세상에 서로 무관한 사물은 거의 없다.

세계는 다양함으로 구성된 하나의 단일체이다. 신은 만물을 지배하는 유일한 존재이고, 사유하는 모든 피조물이 지닌 보편적 이성도 하나이다.

모든 진리 또한 하나이다. 예컨대 모든 것이 하나의 원천으로부터 시작되고, 하나의 이성 활동에 참여하며, 모든 종류가 완전함에 도달하는 길은 단 한 가지뿐인 것이다.

10 　물질로 이루어진 모든 사물은 곧 우주의 본질 속으로 사라지고 만다. 결국 모든 인과관계는 순식간에 우주적 이성으로 되돌아가는 것이다. 또한 모든 것에 대한 기억조차도, 순식간에 영

원이라는 시간 속으로 사라지고 말 것이다.

11 이성적인 동물에게 있어서, 자연과 일치된 행위는 이성에
일치되는 행위와 같다.

12 똑바로 바르게 서라. 그러지 않으면 남에게 의존하게 될
것이다.

13 다양한 원소로 구성된 단일체 속에서 이성적 존재는 매우
중요하다. 그것은 신체에서의 팔다리와 같은 역할을 담당하는데,
그것들은 상호간의 협조를 이루도록 구성되어 있다.

만일 당신이 '나는 이성적 존재의 통일체를 구성하는 원소' 라
고 끊임없이 스스로에게 인식시킨다면, 그 사실을 더욱 확실히 알
수 있을 것이다.

그러나 당신이 단지 한 부분에 불과하다고 생각한다면, 당신은
진심으로 인간을 사랑할 수 없을뿐더러 타인에게 친절을 베푸는

데서 오는 기쁨도 맛볼 수 없을 것이다. 그러한 생각에서 비롯한 친절은 단지 의무에 불과할 뿐이며, 당신 자신에게도 유익하지 못하다.

14 어떤 영향이든 자연스럽게 받아들여라. 어떤 일이 일어나든 스스로 그것을 악이라고 생각하지 않으면, 상처를 입지 않는다. 그리고 그렇게 생각한 것에 대해 그 누구에게도 불평하지 않는다.

15 세상 사람들이 무슨 말을 하고 무슨 행동을 하든, 나는 선량하지 않으면 안 된다. 금이나 에메랄드, 혹은 자줏빛 옷이 "세상의 누가 무슨 말을 하고 무슨 행동을 하든 나는 에메랄드이며 나만의 색깔을 지니고 있다"라고 말하고 있는 것처럼.

16 우리를 지배하는 이성은 결코 우리를 혼란시키지 않는다. 또 우리를 두렵게 하거나 스스로 고통을 야기하지도 않는다. 만일

누군가가 그 이성을 두렵게 하거나 고통을 준다면, 그냥 내버려
두라. 왜냐하면 이성은 결코 자신의 이해력이 잘못된 길로 인도되
는 것을 허용하지 않기 때문이다.

가능한 한 당신의 육체가 고통을 당하지 않도록 조심하라. 하
지만 만일 육체가 고통을 당하고 있다면, 육체로 하여금 그 고통
을 말하게 하라.

그러나 두려움과 고통을 느낄 수 있는 유일한 부분인 영혼은
조금도 해를 입지 않는다. 왜냐하면 그러한 두려움과 고통은 영혼
의 판단에 의해 생겨나기도 하고 사라지기도 하기 때문이다. 그러
므로 우리를 지배하는 이성 그 자체는, 스스로 어떤 욕구를 만들
기 전에는 아무것도 필요로 하지 않는 충족 상태에 있다. 따라서
이성은 스스로 괴롭히거나 속박하지 않는 한, 괴로움을 당하거나
속박 당하지 않는다.

17 행복이란 말의 어원은 '내면의 선한 신' 즉 '선한 지배적
이성'이란 뜻이다.

그렇다면 오, 헛된 망상이여, 당신은 여기서 무엇을 하고 있는
가? 사라져라, 사라져. 당신이 처음 왔던 곳으로 돌아가라! 나는
네가 필요하지 않다. 나는 네가 단지 낡은 습성 때문에 나를 찾아
왔다는 것을 잘 알고 있다. 나는 너에게 아무런 악의도 없다. 그러

니 어서 사라져 다오!

18 인간은 변화를 두려워한다. 그러나 변화 없이 가능한 일은 아무것도 없다. 또한 자연이 변화보다 더 소중히 여기는 것은 없다. 변화야말로 우주의 본질에 가장 적절한 것이기 때문이다.

변화 없이 따뜻한 물로 샤워를 즐길 수 있겠는가? 음식물이 변화를 거치지 않는데, 어떻게 그 영양분을 흡수할 수 있겠는가? 또 그 밖에 우리에게 유용한 일이 하나라도 이루어질 수 있겠는가?

당신 자신에게 일어나는 변화 역시 이와 같은 원리이며, 우주의 본질을 위해서도 똑같이 필요하다는 사실을 명심하라.

19 모든 물체는, 마치 거센 급류에 파묻혔다가 다시 표면으로 드러나듯 우주의 실체 속을 통과한다.

시간은, 얼마나 많은 크리시포스와 얼마나 많은 소크라테스, 그리고 얼마나 많은 에픽테토스와 같은 인물들을 삼켜 버렸는가?

당신은 모든 사람과 모든 사물에 대해 이 사실을 상기하라.

20 　나를 괴롭히는 것은 오직 한 가지이다.

　그것은 바로 인간의 본성으로는 도저히 해낼 수 없는 일을 하고 있거나, 다른 방법으로 그것이 행해지기를 원하거나, 혹은 미래의 어느 때까지 인간의 본성에 금지된 일을 하려고 하지는 않는가 하는 두려움이다.

21 　당신은 머지않아 모든 것을 망각할 것이며, 세상의 모든 것들 역시 당신을 망각할 것이다.

22 　잘못을 저지른 사람까지도 사랑하는 것은 인간만의 특성이다.

　그들은 우리와 같은 형제이며, 무지해서라기보다 본의 아니게 실수를 범한 것이고, 악의가 없다는 것을 생각하면 연민이 싹트기 마련이다.

　또한 그들도 나도 머지않아 죽는다는 것과, 무엇보다도 그들의 실수로 인해 당신의 이성이 해를 입지 않는다는 것을 깨달을 때, 모든 것을 감쌀 수 있는 사랑이 움터 오는 것이다.

23 대자연은 보편적인 물질로부터 생겨난다. 즉 우주의 본성은 밀랍처럼, 처음에는 망아지를 만들었다가 부수고, 그 재료로 나무를 만들고, 다시 인간을 만든다. 이런 식으로 세상 모든 것들을 만드는 것이다.

그러나 이렇게 만든 물건들은 아주 짧은 시간 동안만 존재하고 소유할 수 있다. 예컨대 접시는 만들기보다는 부수어 버리는 일이 더 쉬운 법이다.

24 괴로움에 찌든 얼굴은 부자연스럽다. 그런 표정을 자주 짓게 되면 온화함이 사라지고, 결국엔 아름다움이나 다정함도 사라져 버린다. 우리는 이 사실에서, 괴로움이나 분노는 자연이 준 이성과 어긋난다는 결론을 얻을 수 있다.

만일 잘못을 저지르고 있다는 인식마저도 사라진다면, 이 세상에 더 이상 존재해야 할 이유가 어디 있겠는가?

25 자연은 머지않아 지금 당신이 보고 있는 모든 것을 홀연히 변화시킬 것이며, 그것들을 재료로 또 다른 무엇을 만들고, 다시 그것을 망가뜨려 새로운 어떤 것을 만들 것이다. 그리하여 세

상은 언제나 새롭고 활기찬 것이다.

26 어떤 사람이 당신에게 잘못을 저질렀다면, 그가 선과 악에 대해 어떤 관념을 갖고 그 일을 했는지를 먼저 생각하라. 일단 그것을 깨달으면 상대에 대한 분노나 미움은 곧 동정으로 바뀌게 될 것이다.

선에 대한 당신의 관념이, 그 사람의 것보다 나은 것이라고는 단정할 수 없다. 아니 오히려 유사한 것이기 쉽다. 때문에 그를 용서해야 하는 것은 당신의 의무이다.

그러나 만일 당신이, 그러한 행동이 선이다 악이다 구분하지 않을 정도로 초연해 있다면, 훨씬 쉽게 그를 용서할 수 있을 것이다.

27 현재 소유하지 않은 것을 갖겠다고 집착하기보다는, 지금 소유한 것 중에서 가장 좋은 것이 무엇인지 골라 보아라. 그것이 당신의 소유물이 아니었다면 당신은 또 얼마나 그것을 간절히 원했을까를 생각하며 감사히 여겨라.

동시에, 지나치게 집착한 나머지 그 물건을 잃어버렸을 때 마음이 괴로워지는 일이 없도록 조심하라.

28 당신의 내면으로 돌아가 은둔하라. 우리를 지배하는 이성은, 올바른 행위를 통한 마음의 평온을 바랄 뿐이다.

29 모든 환상을 떨쳐 버려라.

욕망의 꼭두각시가 되지 말라.

자신을 현재의 시간에 국한시켜라.

당신과 타인에게 일어나는 일들을 자세히 파악하고 이해하라.

모든 대상을 인과관계에 따라 구별하라.

자신의 마지막 순간에 대해 깊이 명상하라.

당신의 이웃이 저지른 과오는 그 스스로 유발한 것이므로 그에게 머물게 하라.

30 다른 사람과 대화를 나눌 때는 상대의 말에 주의를 기울여라. 이야기의 내용과, 이야기를 하고 있는 상대를 충분히 관찰하여 이해력을 높여야 한다.

31　　소박하면서도 겸손한 태도로 선과 악의 영역 밖에 있는 모든 것에는 무관심한 표정을 지어라.

인류를 사랑하라.

신을 섬겨라.

"우주의 법칙이 모든 것을 지배한다"라는 어느 시인의 말을 명심하고, 그 진리만을 기억하라.

32 죽음이란, 이 세상을 구성하는 모든 사물의 원자에로의 분해이다.

33 고통이란, 지나가 버리면 우리의 인생을 끝내는 것이지만 지속되는 것이라면 참아낼 수 있는 것이다.

정신이 육체로부터 초연하다면 항상 평온을 유지할 것이며, 정신을 지배하는 이성 또한 어떠한 영향도 받지 않을 것이다.

34 명성을 추구하는 사람들의 내면을 들여다보고, 그들이 어떤 인간이며, 약점은 무엇이고, 추구하는 것은 무엇인지 관찰하라.

모든 명성은 허무하다.

인생에 있어서, 오늘의 일은 내일로 인해 얼마나 빠르게 묻혀 버리고 마는 것인지를 생각하라.

35 "뛰어난 현자가 모든 시대와 모든 현실을 꿰뚫어 볼 수

있는 능력을 지녔다면, 과연 그는 인간의 삶을 중요한 것으로 간주할까?"

"아니, 그렇지 않을 것이다."

"그러면 그는 죽음을 두려워하지 않는단 말인가?"

"물론이다. 죽음은 결코 악이 아니기 때문이다."

– 플라톤의 『국가(대화 편)』 중에서

36 선을 베풀었음에도 비난을 받는 것은 고귀한 일이다.

– 안티스테네스Antisthenes [1]

37 겉으로는 마음이 시키는 대로 순종하고 스스로 통제하는 체하면서, 동시에 통제하거나 복종하지 않으려는 마음을 갖고 있다면 수치스러운 일이다.

---

[1] 그리스의 철학자, 키니코스학파의 창립자. 고르기아스에게서 변론술을 배우고 뒤에 소크라테스의 제자가 되어, 스토아학파에 영향을 끼쳤다.

38
사물의 성향에 대해 화내지 말라. 사물은 당신의 분노에 대하여 조금도 개의치 않는다.[2]

39
불멸의 신들과 우리들에게 다 같은 기쁨을![3]

40
인간의 수명은 무르익은 벼 이삭처럼 수확되어야 한다.[4]

41
만일 신들이 나와 내 자식들을 돌보지 않는다면 거기에는 반드시 그럴 만한 까닭이 있을 것이다.[5]

42
정의와 선은 나와 함께 있다.[6]

---

2) 고대 그리스의 3대 비극시인 중 한 사람인 에우리피데스Euripides의 『벨레로폰Bellerophon』 289절에서 인용.
3) 출처가 분명치 않음.
4) 에우리피데스의 『휩시필레Hypsipyle』 757절에서 인용.
5) 에우리피데스의 『안티오페Antiope』 207절에서 인용.

43 타인의 비판에 휩쓸리지 말고, 격한 감정에도 휘말리지 말라.[7]

44 "나의 벗이여, 만일 당신이 가치 있는 삶과 죽음의 개념을 따지느라 시간을 소모한다면 그것은 잘못된 것이다. 어떤 행동을 함에 있어서 당신이 고려해야 할 것은 오직 한 가지, 선한 사람으로서 옳게 행동하고 있는가, 아니면 악한처럼 그릇되게 행동하느냐 하는 것뿐이다."

— 플라톤의 『소크라테스의 변명』 중에서.

45 "아테네인들이여, 사람은 누구나 스스로 선택했든 혹은 명령에 의해서든 일단 위치를 정했으면, 그 자리를 지켜야 한다. 죽음이나 다른 어떤 불명예스러운 것들을 고려해서는 안 된다."

— 플라톤의 『소크라테스의 변명』 중에서.

---

[6] 에우리피데스의 단편에서 인용.

[7] 출처가 분명치 않음.

46 "내 훌륭한 벗들이여, 진정한 고귀함이나 선은 위험으로부터 자신을 보호하는 것과는 전혀 다른 것임을 알라. 진정한 선인이라면 기를 쓰고 자기 생명에 집착하지 않을 것이다. 운명은 그 누구도 피할 수 없다는 사실을 명심하라. 이런 문제는 오직 신에게 의탁하고, 당신은 어떻게 하면 당신에게 할당된 삶을 정의롭게 잘살 수 있겠는가 하는 문제에 집중하라."

– 플라톤의 『고르기아스』 중에서.

47 당신이 별들과 함께 우주의 궤도를 운행하고 있다고 생각하고 별들의 운행을 잘 살펴보라. 그리고 변화하고 또 변화하는 원소들의 움직임을 마음속으로 그려 보라. 그러한 생각들이 이 지상의 혼탁함을 말끔히 정화시켜 줄 것이다.

48 "인간의 일을 논하고자 하는 이는, 스스로 한층 높은 곳에서 굽어보듯이 지상의 사물을 바라봐야 한다"라고 플라톤은 말했다.

그렇다. 우리는 평화나 전쟁을 위해 그들이 집합하는 모습·농업·노동·결혼·이혼·타협·출산·사망·법정 소란·적막한 사

막·다양한 민족들·향연·슬픔·탄식·시장 등이 서로 대조를
이룸으로써 나타나는 전체의 조화와 질서를 관찰하지 않으면 안
된다.

49　정치적으로 흥망성쇠를 거듭한 제국의 과거를 돌이켜
보라. 그러면 미래에 어떠한 일들이 벌어질지 짐작할 수 있을 것
이다.

미래는 철두철미하게 과거와 똑같은 유형을 보일 것이다. 왜냐
하면 그것은 끊임없이 진행되는 창조의 질서를 벗어날 수 없기 때
문이다.

따라서 40년간 인생을 관조한 것은, 일만 년 동안 관조한 것과
마찬가지이다. 더 이상 무엇을 보겠는가?

50　땅에서 난 것은 땅으로, 하늘에서 싹튼 것은 하늘로 돌아
간다. 이것은 원자에로의 분해 작용에 의한 것이다.

51 음식과 술을 바쳐서, 아니면 주문과 교활한 마술로 운명의 흐름을 바꾸고 죽음을 피할 수 있단 말인가?

천만의 말씀이다.

신이 보낸 거센 바람은 불평하지 말고 기꺼이 맞이해야 한다.[8]

52 어떤 사람이 상대방을 쓰러뜨리는 데에 훌륭한 솜씨[9]를 가졌다고 하자. 하지만 그는 사회적인 일과 겸손, 모든 일에 대처하는 능력 면에서는 뒤떨어진 것이며, 이웃의 잘못에 대해 너그럽지 못한 사람이다.

53 어떤 일이든 신과 인간의 공통된 이성에 순응하여 행하면 두려울 것이 없다. 우리가 본성을 좇아 행동하면 해로운 일이 전혀 없을 것이기 때문이다.

---

8) 에우리피데스의 『탄원』 1110절에서 인용.

9) 플루타크Plutarch로부터 인용한 것으로 문자 그대로 '상대방을 잘 쓰러뜨리는 사람'이다. 젊은 스파르타 사람이 시합에서 패하고, 자신을 이긴 상대를 보고 다음과 같이 불평했다. "저 사람은 머리가 좋은 것도 아니고 튼튼한 것도 아닌데 다만 상대를 잘 쓰러뜨릴 뿐이다."

54 언제 어디서나 현재의 여건에 맞는 상황들을 경건히 받아들이고, 주위 동료들에게 올바르게 행동하며, 수시로 마음을 비집고 들어오는 갖가지 상념들이 침투하지 못하도록 정진하는 일, 이런 일들은 당신이 능히 해낼 수 있는 일이다.

55 다른 사람을 지배하는 이성을 곁눈질하지 말고, 어떤 본성이 당신을 인도하는지 잘 살펴보아라. 우주의 본성을 직시하고, 자신의 본성이 의무를 잘 수행하고 있는지 감시하라.

모든 인간은 그 본성이 이끄는 데로 나아가야 한다. 또한 이성을 지니지 못한 모든 피조물은 인간이라는 이성적 존재를 위해 존재하는 것이다.

그러므로 인간의 본성 중 가장 중요한 것은 첫 번째로 사회에 대한 의무이며, 두 번째는 육체적 욕구를 물리치는 것이다. 이성과 지성은 그 본분에 충실하여 동물적인 감각이나 충동에 압도되지 않는다. 또한 정신은 어떤 것보다 우월하여 다른 작용에 의해 지배당하지 않으며, 본질적으로 다른 모든 작용을 이용하도록 형성되어 있다.

셋째로, 이성을 부여받은 인간의 본성은 무분별하지 않고 기만하지 않는다는 점이다.

이 세 가지 원칙을 굳게 지켜 똑바로 나아가라. 그러면 당신의 이성은 스스로 그 기능을 발휘하게 될 것이다.

56 당신은 오늘 죽은 몸이며, 당신의 인생도 이미 끝났다고 생각하라. 그럼에도 약간의 시간이 주어진다면, 그것은 덤으로 생각하라. 그리고 그 시간을 자연의 순리에 따라 살아라.

57 오직 당신에게 일어나는 일, 그리고 당신의 운명의 실에 의해 짜여지고 있는 일만을 생각하라. 당신에게 이보다 더 중요한 것이 무엇이겠는가?

58 어떤 난처한 상황에 처하게 될 경우, 그와 비슷한 곤경에 처했던 사람들을 생각하라. 그들이 얼마나 괴로워했고, 또 얼마나 분노하고 경악했는가를 떠올리면서 그들과 같은 과오를 되풀이하지 않도록 경계하라.

다른 사람들의 분노와 격정은 그들의 것으로 맡겨 두라. 그리고 그런 곤경을 이겨 낼 수 있는 방법을 찾는 데에 주의를 기울여

라. 그러면 당신은 그 곤경을 산 경험으로 취할 수 있을 것이다.

오직 자신에게만 충실하고, 선한 행위만을 하도록 노력하라. 당신의 행동을 촉발시킨 사건은, 당신의 의도나 노력과는 아무런 관련이 없다는 사실을 명심하라.

59 자신의 내면을 보라. 선의 샘이 있을 것이다. 그곳은 파면 팔수록 더 많은 샘물이 솟아난다.

60 인간의 육체는 견실하여 행동이나 자세에 뒤틀림이 없어야 한다. 정신이 침착하고 올바를 때, 그것이 얼굴에 나타나는 것처럼, 육체의 경우도 마찬가지이다. 또한 이 모든 것은 표면적인 허식이나 위선 없이 이루어져야 한다.

61 처세의 기술은, 춤보다는 레슬링에 더 가깝다. 인생은 불시의 기습에 대비하기 위해 굳건하고도 용의주도한 자세가 필요하기 때문이다.

62 인정받고 싶어하는 사람들이 어떤 성품을 갖고 있으며, 그들을 지배하는 이성의 본질이 어떤 종류의 것인지 항상 생각하라. 그들의 견해와 욕망의 근원을 살펴보라. 그러면 당신은 그들로부터 어떤 불쾌한 모욕을 당해도 비난하지 않을 것이며, 그들로부터 인정받고 싶다는 생각도 하지 않게 될 것이다.

63 "스스로 진리를 빼앗기고자 하는 영혼은 없다."

이와 마찬가지로 정의와 절제, 친절함, 그 밖의 미덕들을 빼앗기고자 하는 영혼도 없다.

항상 이 말을 기억하라. 그러면 당신은 모든 사람들을 보다 온화하게 대할 수 있을 것이다.

64 고통을 겪을 때마다 이렇게 생각하라.

'그것은 수치가 아니며, 나의 정신에 해를 입히는 것도 아니다. 정신이 합리적이고 사회적인 한, 결코 고통에 의해 손상되지 않는다.'

모든 고통에는 반드시 한계가 있고, 상상으로 과장하지 않으면 결코 참을 수 없는 것도 아니며, 영원히 계속되는 것도 아니다.

또한 우리를 불쾌하게 만드는 것들, 이를테면 아주 피곤하다거나, 더위에 시달린다거나, 식욕 부진 등도 사실은 고통의 일종이라는 것을 명심하라. 다만 당신이 깨닫지 못하고 있을 뿐이다.

고통이 닥쳤을 때 불평하고 싶은 마음이 드는 것은, 당신이 그 고통에 굴복 당했다는 것이다.

65

비인간적인 사람들이 다른 사람을 대하는 그런 태도를 취하지 않도록 경계하라.

66

텔라우게스Telauges[10]가 소크라테스보다 훌륭하지 못했다는 것이 사실인지 어떻게 알겠는가? 그것은 소크라테스가 훨씬 영예롭게 죽었다든지, 궤변론자들보다 훌륭하게 논쟁했다든지, 추운 밤의 고통을 보다 참을성 있게 견뎌 냈으며, 살라미스의 레온Leon[11]을 체포하라는 명령을 받았을 때 그것을 거역하는 용감성을 보였다든지, 위엄있는 모습으로 거리를 활보했다는 주장만

---

10) 피타고라스의 아들로 엠페도클레스의 스승이라고도 전해진다.
11) B.C. 403. 폭군의 통치로 수많은 죄 없는 사람이 죽어 가던 이때에 소크라테스는 정직한 시민인 살라미스의 레온을 체포하라는 명령을 거부했다.

으로는 충분치 못하다. 우리는 먼저 소크라테스가 어떤 영혼을 지니고 있었는지 알아야 한다.

그가 사람들을 정의롭게 대하고, 신에게는 경건한 마음가짐을 갖고, 또 인간의 사악한 일로 인해 어리석게 괴로워하지 않았으며, 자신을 무지의 노예로 만드는 일이 없었고, 우주로부터 그에게 분배된 것은 무엇이든 순순히 받아들이고 그것을 어떻게 견뎌냈으며, 또한 그의 이성은 보잘것없는 육체의 영향을 결코 받지 않았다는 것에 대해 분명히 알아야 한다.

67 자연은 이성과 육신의 구조를 뒤섞어 놓는 일이 없다. 따라서 자연은 당신이 스스로를 통제하지 못하게 하거나, 일을 처리하지 못하도록 만들지 않는다. 또한 인간은 결코 신적인 존재로 인정받을 수 없다는 점을 항상 염두에 두고, 행복한 삶에 필요한 요소가 매우 적다는 사실도 기억하라. 그리고 당신이 변증가가 되는 데 실패했거나 자연의 이치를 많이 깨우치지 못했다 할지라도, 그 때문에 자유롭고 겸손하고 사회적이고, 또 신에게 순종하는 삶을 살겠다는 희망을 버리는 일이 없도록 하라.

68 설령 온 세계가 당신에게 멋대로 욕설을 퍼붓고 성난 야수들이 당신의 사지를 갈기갈기 찢어 놓더라도, 당신은 모든 억압을 초월하여 매우 안정된 마음으로 살 수 있는 능력을 지니고 있다. 이런 능력은 최악의 조건 속에서도 평정을 유지하고, 모든 상황과 사물에 대해 바른 판단을 내리며, 현존하는 대상을 마음껏 즐길 수 있게 해 준다.

이러한 판단력은 사물에 대해 다음과 같이 말할 것이다.

"나는 너를 찾고 있었다. 왜냐하면 모든 일은 이성적 미덕과 사회적 미덕을 위한 좋은 재료, 즉 인간과 신 모두에게 반드시 필요한 훌륭한 재료이기 때문이다."

실제로 모든 일들은 인간이나 신들에게 매우 유용한 것이며, 참기 힘든 문제로 오는 것이 아니라, 항상 곁에서 도움을 주는 낯익은 친구처럼 다가오는 것이다.

69 하루하루를 마지막인 것처럼 생각하라. 절대로 분노하지 말고, 냉담하지 않으며, 위선적인 행동을 하지 않는 것이 완전한 인격에 도달하는 길이다.

70   신들은 영원히 살면서도, 수많은 세대의 인간들과 그들이 저지르는 악덕에 대해 전혀 분노하지 않는다. 신들은 오히려 항상 참고 견디면서 인간들을 염려하고 걱정한다.

하물며 당신에게 허락된 그 짧은 시간 동안 그토록 쉽게 짜증을 부리고 분노해야 하겠는가?

바로 당신이 죄인이면서, 매 순간 인내심을 잃어야 하겠는가?

71   자신의 사악함으로부터 벗어나는 방법을 알고 있음에도 불구하고 이를 실행치 않으며, 다른 사람의 사악함으로부터 도피가 불가능함에도 이를 피하고자 하는 인간들은 어리석다.

72   만약 어떤 사람이 이성적·사회적 능력이 부족하고, 인간에 대한 우애도 결여되었다고 판단된다면 일단 저열한 사람으로 봐도 무리가 없다.

73   당신이 선한 일을 했고, 그로 인해 다른 사람이 이익을

보았다면 그것으로 훌륭한 것이다. 그런데 왜 당신은 항상 또 다른 것을 원하는가?

얼간이처럼 당신의 그 알량한 선행에 대한 갈채나 보상을 바라는가?

74 누구든 이익을 얻는 일에는 싫증을 내지 않는다. 이익은 본성을 따랐을 때에 얻을 수 있다. 그렇다면 남에게 이익을 베푸는 일에도 싫증 내지 말아야 한다.

75 질서 정연한 세계를 창조하고자 하는 것은 우주의 본성이다.

따라서 현재 우리 주변에서 이루어지는 모든 일은, 논리적인 연속 법칙에 따라 일어나는 이성적인 현상이다. 이것을 기억한다면 여러 가지 상황에 처했을 때, 보다 침착하게 대처하여 더 큰 평온함을 유지할 수 있을 것이다.

선과 악에 대하여

제8장

인간들이 보편적으로 지닌 사악함은 우주에 해를 끼치지 못한다. 또 개별적인 한 인간의 사악함 역시 다른 사람에게 해를 끼치지 못한다.

악은 오직 악에 사로잡힌 죄인만을 해칠 수 있다. 그러나 그 역시 스스로 원하기만 하면 당장 악으로부터 벗어날 수 있는 힘을 지니고 있다.

1 평생을, 아니 성인이 된 이후의 생활을 철학자답게 보낸다는 것은 이미 불가능해졌고, 자신을 포함한 많은 다른 사람들이 철학으로부터 멀어졌다는 것을 생각한다면, 헛된 명예욕을 뿌리치는 데에 도움이 될 것이다. 그러나 당신은 이미 속세에 물들었기 때문에 철학자라는 명성을 쉽게 얻지는 못할 것이다. 왜냐하면 인생에서의 당신의 위치가 끊임없이 방해할 것이기 때문이다.

만일 당신이 이러한 문제를 절실히 깨달았다면, 명성에 대한 헛된 욕심을 버리고, 남은 인생을 당신의 본성이 이끄는 대로 살아가는 것에 만족하라. 또한 당신의 본성이 요구하는 바를 주시하고, 그 밖의 것들에 미혹되어서는 안 된다.

지금까지 당신은 훌륭한 삶의 답안을 찾아 얼마나 많은 길을 헤매었는가? 당신이 경험한 것처럼, 훌륭한 삶은 학자의 이론 속에도, 부와 명예 속에도 없었다. 또한 쾌락 속에서도 행복을 찾지 못해 방황했었다.

그렇다면 행복은 어디에 있는가? 그것은 인간의 본성이 이끄는 대로 행하는 데에 있다. 그러면 어떻게 그것을 행할 수 있는가? 바로 자신의 욕구와 행동의 원천이 되는 뚜렷한 원리를 갖고 있으면 된다. 그렇다면 그 원리는 무엇인가? 그것은 선과 악에 관련된 것이다. 인간을 정의와 절제, 자유로 이끌지 않는 것은 모두 악이며, 그 반대인 것은 모두 선이라는 원칙이다.

2 어떤 일을 행하기에 앞서 그것이 나와 어떤 관계가 있는지, 지금의 행동을 후회하지 않을 자신이 있는지 스스로에게 물어보라. 그리고 다짐하라.

"나는 머지않아 죽게 되고 모든 것은 사라진다. 지금 내가 이성적 존재, 사회적 존재 그리고 신과 같은 법칙 밑에 있는 사람으로서 일하고 있다면, 더 이상 무엇을 추구하겠는가."

3 알렉산더, 카이사르, 폼페이우스. 이들은 디오게네스, 헤라클레이토스, 소크라테스에 비하면 얼마나 보잘것없는가?

후자의 세 사람은 사물의 구성 원리와 원인을 알았고, 이러한 이론에는 그들의 지배 원리인 이성이 뒷받침되었다.

반면 전자의 사람들은 수많은 잡념과 소소한 일에 신경 쓰며 살아야 했고, 때문에 얼마나 많은 것들에 속박된 노예였던가?

4 당신의 심장이 분노로 끓는다 할지라도, 사람들은 여전히 같은 일을 되풀이할 것이다. 그러니 사소한 것으로 마음을 괴롭히지 말라.

모든 것은 결국 선과 악으로 이루어져 있으며, 우주의 본성처럼 그저 잠시 존재했다가 마침내 사라지고 마는 것이다.

5 무엇보다 중요한 것은 평온한 마음을 유지하는 것이다. 모든 것은 자연의 법칙에 순응해야 하기 때문이다.

그 다음으로는 사물을 직시하고 그것들이 왜 존재하는가를 살펴야 한다. 또한 선인이 되는 것이 당신의 의무라는 것을 기억하고, 인간의 본성이 요구하는 것을 정당하게 행하며, 말을 할 때에는 진지하고 예의와 겸손을 잃지 않도록 해야 한다.

6 우주의 본성이 하는 일은, 사물을 이곳에서 저곳으로 옮기고, 그것들을 변화시키고, 또다시 다른 곳으로 옮기고 변화시키는 일이다.

모든 것은 변한다. 그러나 그 변화를 두려워할 필요는 없다. 왜냐하면 만물은 우주 본성의 질서에 의해 지배되는 것으로 우리에게 이미 친숙할 뿐 아니라, 사물의 배합 방식은 변하지 않기 때문이다.

7 모든 본성은 자신의 길을 올바로 나아갈 때에 스스로 만족을 느낀다.

이성을 부여받은 존재의 본성에 있어 올바른 길로 나아간다는 것은, 거짓된 것이나 모호한 것에 쉽게 응하지 않고, 오직 사회적인 행동만을 지향하며, 욕망과 혐오를 자기 능력 안에 있는 사물에 국한시키고, 자연이 부여한 모든 것을 기꺼이 받아들이는 것을 의미한다. 왜냐하면 나뭇잎의 본성이 그 나무의 본성의 일부인 것처럼, 우리의 본성은 우주의 본성의 일부이기 때문이다.

다만 나뭇잎의 본성은 지각과 이성이 없는, 외부에 의해 방해받을 수 있는 본성의 일부이지만, 인간의 본성은 방해받지 않는, 지성적이며 정의로운 본성의 일부인 것이다.

8 당신은 학업에 매달려 어떤 업적을 이룰 수는 없다 해도, 오만과 자만을 억제할 수 있는 능력은 지니고 있다.

당신은 쾌락과 고통을 초월할 수도 있고, 헛된 명예욕에 매달리거나 어리석고 우둔한 자들로 인해 분노하지 않으며, 심지어 그들을 마음에 두지 않을 만한 여유도 갖고 있다.

9 어떤 사람 앞에서도 불평을 말하지 말라. 또한 당신 자신 역시 듣지 못하도록 하라!

10 후회란, 어떤 유익한 일을 소홀히 했다는 것에 대한 일종의 자책이다.

선인은 쾌락의 기회를 그냥 보내 버렸거나 거부했다고 해서 결코 후회하지 않는다. 따라서 쾌락은 선도 아니며 유익하지도 못하다.

11 하나의 사물이 있다. 여기에 의구심을 가져 보라.

나름대로 독특한 구조를 지니고 있는 이 물체의 본질은 무엇인가? 또 실체와 형태, 성분이라는 면에서 보면 어떠한가? 이것이 세상에서 맡은 역할은 무엇인가? 그리고 얼마 동안 존속할 것인가?

12 잠자리에서 일어나기 어려울 때는 이렇게 생각

하라.

사회적 활동은 인간만이 가진 능력이며 본질이지만, 잠을 잔다는 것은 비이성적인 동물에게도 공통된 사실이다. 그러므로 잠에서 깨어나 이성적인 활동을 할 수 있는 것은 오직 인간뿐이다.

13 가능하면 모든 관념이 생길 때마다 그것의 주된 특성과, 그것이 자아에 미치는 영향, 논리적 분석에 대한 반응을 파악하는 습관을 갖도록 하라.

14 누구를 만나든지 스스로에게 '이 사람은 선과 악에 대해 어떤 견해를 갖고 있을까?' 라고 질문해 보라.

그렇게 하면 쾌락과 고통에 대하여, 그것의 원인에 대하여, 명예와 굴욕에 대하여, 삶과 죽음에 대하여 그의 행동이 그의 신념과 일치하고, 선과 악을 그대로 유지한다고 하더라도 결코 놀라거나 이상하게 여기지 않을 것이다. 그리하여 그에게는 다른 선택의 여지가 없었음을 생각하게 될 것이다.

15 무화과나무에 무화과 열매가 열리는 것을 보고 놀랄 사람은 아무도 없다. 사람들은 당연한 사실에는 놀라지 않기 때문이다. 예를 들어 의사가 환자에게 열이 있다고 놀라거나, 조타수가 바람이 거꾸로 분다고 놀란다면 이것 역시 수치스러운 일임을 명심하라.

16 당신의 잘못을 바로잡아 주는 사람을 따르고 경의를 표하는 것은, 절대로 당신의 개성을 훼손시키는 행위가 아니다.

왜냐하면 그러한 행위 역시 당신 자신의 판단과 사색에 의해 내려진 것으로, 당신의 독자적인 이성에 따라 행한 것이기 때문이다.

17 만일 당신에게 선택권이 있다면, 당신은 왜 그런 행동을 청하는가?

그러나 만일 다른 사람에 의해 선택된 것이라면 당신은 누구를 탓하겠는가? 신을? 아니면 그것을 이루는 원자를?

어느 쪽을 탓하든 모두 어리석은 짓이다. 당신은 그 누구도 비난해서는 안 되며, 가능한 한 그 원인이 되는 것을 바로잡아야 한다. 그것이 불가능하다면 그 일 자체만이라도 바로잡아야 하고, 그것마저도 할 수 없다면 비난한들 무슨 소용이 있겠는가?

의미 없는 일에는 그것을 행할 가치가 전혀 없다.

18 죽는다고 해서 우주 밖으로 떨어지는 것은 아니다. 그것은 그대로 이 세상에 머물러 있으면서, 여러 번의 변화를 거치며, 몇 가지 원소로 분해된다. 그리고 그 요소들은 다시 우주와 당신을 형성하는 원자로 환원되는 것이다. 이처럼 원소들 역시 변화를 거치지만 그것을 불평하지는 않는다.

19 말이든 포도나무든, 세상 모든 것은 어떤 목적을 수행하기 위해 존재하며 그것을 의아하게 여길 필요는 없다. 태양도 어떤 목적을 위해 존재한다고 말할 것이고, 하늘의 다른 존재들 역시 그렇게 말할 것이다.

그렇다면 당신은 어떤 목적을 위해 이 세상에 존재하는가? 단순히 쾌락을 얻기 위해서? 신이 당신의 그런 생각을 용납할 수 있다고 생각하는가!

20 　모든 사물의 생성과 존속 그리고 정지시키는 것 역시 자연의 목적에 의한 것이다. 그것은 공중에 던져진 공과 같다. 공중에 올려진다는 것은 공에게 이로운 것인가? 그렇다면 떨어지는 것은 공에게 해로운 것이란 말인가? 마찬가지로 물방울이 만들어지면 이로운 일이고, 사라지는 것은 그 물방울에게 해가 된단 말인가?

21 　인간의 육신에 대해 생각해 보라. 그것이 늙었을 때는 어떻게 되고, 병든 뒤에는 어떻게 되고, 또 죽었을 때는 어떻게 되는지 살펴보라.

　칭찬하는 사람도 칭찬받는 사람도, 기억하는 자도 기억되는 자도 모두 잠깐 세월을 살아갈 뿐이며, 이 모두가 지구의 한 귀퉁이에서 벌어지는 지극히 소소하고 덧없는 일에 불과하다.

　그런데 이 한구석에서조차 모두의 견해가 다르며, 스스로 한결같은 의견을 갖는다는 것까지도 불가능하니, 얼마나 불행한 일인가!

22 　생각이든 행동이든 말이든, 무엇에나 당신의 주의를 기

울여라.

당신이 고민하는 것은 당연하다. 왜냐하면 당신은 오늘보다 내일을 더 선하게 살려고 노력할 테니까.

23 '나는 지금 무엇을 하고 있는가?'

바로 지금 인류의 이익을 위해 당신이 무엇을 하고 있는지 곰곰이 생각해 보라. 그리고 당신에게 무슨 일이 일어나든, 그것을 오로지 신과 관련하여 받아들이고 또한 우주의 원칙성에 따라 받아들여라.

24 '목욕'이라는 말을 들을 때 당신은 무엇을 떠올리는가?

기름·땀·먼지·더러운 물·온갖 역겨운 것들……. 삶의 모든 것 역시 그것과 다르지 않다.

25 루킬라Lucilla는 베루스의 죽음을 보았고, 루킬라 역시 죽음을 피할 수 없었다. 세쿤다Secunda는 막시무스가 죽는 것을 보

앞고, 세쿤다 역시 죽었다. 에피틴카누스Epitynchanus는 디오티무스Diotimus의 죽음을 보았고, 에피틴카누스도 죽었다. 안토니누스는 파우스티나Faustina의 죽음을 보았고, 안토니누스도 죽었다. 모든 일이 그러하듯 켈레르Celer도 하드리아누스Hadrianus의 죽음을 보았고 그 역시 죽었다.

그 옛날 많은 사람들의 주목을 받았던 숭고한 인물들과 오만한 자들, 예지가 뛰어났던 사람들은 지금 어디에 있는가? 수많은 학파의 수많은 철학자들, 지혜가 뛰어났던 모든 사람들은 어떻게 되었는가? 예를 들어, 카락스Charax와 플라톤학파의 데메트리우스Demetrius와 에우대몬Eudaemon, 그리고 그들처럼 훌륭했던 사람들은 모두 어떻게 되었는가?

그들 모두 이미 오래전에 허무하게 사라졌다. 어떤 사람들은 짧은 시간조차 다른 사람들의 기억에 남아 있지 못했고, 어떤 사람들은 옛이야기의 주인공이 되었으며, 또 어떤 사람들은 전설 속에서조차 사라지고 말았다.

기억하라. 당신의 육신 또한 언젠가는 자취도 없이 사라지거나, 다른 곳으로 옮겨져 변화를 거치게 될 것이다.

26 인간이 느끼는 참된 기쁨은, 인간으로서 마땅히 해야 할 일을 하는 데에 있다.

인간 본래의 일이란, 자신과 같은 인간에게 자비를 베풀고, 동물적이고 감각적인 충동을 경멸하며, 외형과 실제를 구별하여 우주와 그 안에서 발생하는 자연 현상들의 본질을 규명하는 것이다.

27 인간을 둘러싼 관계에는 크게 세 가지가 있다.

첫째, 육체라는 껍데기와의 관계이며 둘째, 만물이 이치에 닿게 하는 원천, 즉 신과의 관계이고 셋째, 우리와 더불어 사는 사람들과의 관계이다.

28 고통이 육체나 영혼 모두에게 해로운 악이라면, 육체와 영혼으로 하여금 스스로 그 고통을 말하게 하라.

그러나 영혼은 고통을 악으로 느끼지 않고 평온을 유지하는 능력을 갖고 있다. 왜냐하면 모든 판단과 행동과 욕망과 혐오는 우리 내면에 존재하며, 어떠한 악도 그 자아를 뚫고 도달할 수 없기 때문이다.

29 "나에게는 어떠한 악이나 욕망도 내 영혼에 안주하지 못하도록 하는 힘이 있다. 모든 사물을 진실되게 바라보고, 그것들에게 합당한 가치를 부여하는 능력을 나는 소유하고 있다."

늘 이렇게 자신을 타일러라. 매 순간 우주가 부여한 당신만의 능력을 상기토록 하라.

30 어디서 어떤 말을 하든 언제나 품위를 유지하라.

아무 생각 없이 수사학적인 어휘를 남발하지 말고, 늘 건전하고 소박하게 말하라.

31 아우구스투스 황제의 궁전을 떠올려 보자. 그의 아내와 딸, 자손들, 조상들, 아그리파Agrippa[1], 친지들, 친구들, 아레이우스Areius, 그를 돌보던 의사들, 마에케나스Maecenas, 또 제물을 바치던 사제들을 포함한 모든 사람들이 죽었다.

다른 멸망의 기록도 있다. 몇몇 개인의 소멸이 아니라 폼페이의 경우처럼 일족의 멸망을 생각해 보라.

---

1) 로마의 장군·정치가. 아우구스투스 황제의 사위. 젊은 시절부터 아우구스투스와 친교를 맺어 그의 정계 진출을 도왔다.

묘비에 '가문의 마지막 후계자'라는 비문을 생각해 보라. 자신들의 후계자를 남기기 위해 애쓴 선조들의 노고는 얼마나 가슴 아픈 것이었으랴!

그러나 누군가는 필연코 최후의 인간이 되지 않으면 안 되며, 종족은 멸망하기 마련이다.

32 당신이 하는 행동 하나하나는 삶의 질서를 형성하는 데 기여해야 한다. 그리고 그 행동이 목적을 위한 임무를 완수한다면 그것에 만족하라. 그것은 누구도 방해할 수 없다. 어쩌면 당신은 다른 외부적인 요소가 방해가 될 수도 있다고 말할지 모른다.

그러나 선의로써 그런 방해물을 순순히 인정하고, 대신 현명하게 모든 노력을 다른 곳으로 돌린다면, 당신은 올바른 삶의 질서를 찾을 수 있을 것이다.

33 오만한 마음가짐을 떨쳐 버리고 모든 것을 겸허한 자세로 받아들여라. 그리고 언제라도 그것을 떠날 수 있는 마음의 준비를 갖추어라.

34 당신은 육신으로부터 잘려져 나뒹구는 손이나 발, 머리를 본 적이 있는가?

그런데 그와 같은 일을 스스로 행하는 사람들이 있다. 그들은 자신에게 부여된 상황에 만족하지 못하고, 이기적인 목적만을 위해 행동하면서 자신을 비하시키는 인간들이다.

예컨대, 당신이 자연의 통일성으로부터 벗어났다고 생각해 보라. 그것은 자연의 일부로 태어났으면서도 스스로 자연과의 인연을 끊어 버리는 것이다. 그러나 여기에 아름다운 섭리가 작용하고 있다. 바로 당신 스스로 다시 자연과 결합할 수 있는 능력을 가졌다는 것이다. 신은 따로 떨어진 것을 다시 결합시킬 수 있는 능력을, 인간 이외의 그 어떤 것에도 부여하지 않았다.

우리는 항상 신이 부여한 은혜를 잊지 말아야 한다. 신은 처음부터 인간을 우주의 본성에서 분리될 수 없게 만들었을뿐더러, 설사 분리되어 이탈했다 해도 다시 재결합하여 전체의 구성원이 되도록 하는 은총을 내려 주었다.

35 우주는 모든 이성적 존재들에게 여러 가지 능력을 부여하면서, 다음과 같은 능력도 주었다.

우주 자체가 모든 장애물과 반발들을 자신의 목적에 맞게 전환시키고, 운명의 질서에 따라 정리하고 그것을 자신의 일부로 만들듯이, 모든 장애물들을 자신의 재료로 변환시켜 본래의 목적에 맞게 그것들을 이용할 수 있는 능력이 바로 그것이다.

36 당신의 삶을 생각하느라 마음을 혼란스럽게 하지 말라. 당신에게 닥칠 수 있는 여러 가지 고통을 한꺼번에 근심하지 말라.

단지 모든 사건에 부딪칠 때마다 "이 정도 상황도 참지 못할 리가 있는가?" 하고 스스로에게 물어보라.

미래도 과거도 아닌 오직 현재만이, 당신에게 고통을 안겨 준다는 사실을 기억하라.

그러나 당신이 엄격하게 제한한다면 그러한 고통도 아주 사소한 것이 되어 버릴 것이다. 만약 그것조차도 참을 수 없다면, 그때 마음을 꾸짖도록 하라.

37 베루스의 무덤가엔 판테이아Pantheia[2]와 페르가무스Pergamus가 앉아 애도하고 있다. 하지만 머지않아 그들 역시 죽을 것이다. 나이를 먹고 늙어 이번에는 자신들이 죽을 차례가 되는

---

[2] 마르쿠스의 친구인 루키우스 베루스의 애첩.

것이다. 그렇다, 그들 역시 죽음을 맞이했다.

그렇다면 애도하는 자들 역시 없어진 마당에, 무덤 속에서 애도받던 죽은 황제는 무엇을 할 수 있단 말인가?

그들은 모두 악취와 부패 이외의 아무것도 아니다.

38 현자 크리토가 말했다.

"만일 당신이 볼 수 있다면 보라!"

39 이성 있는 인간에게 정의에 어긋나는 미덕이란 있을 수 없다. 그러나 쾌락의 탐닉에 어긋나는 미덕이 있으니, 그것은 바로 절제이다.

40 당신에게 고통을 안겨 준다고 생각되는 것에 대한 관념을 버려라. 그러면 당신은 완전한 평온 속에 있게 될 것이다.

당신은 이렇게 물을 것이다.

"도대체 자아란 무엇인가?"

그것은 당신의 이성이다.

당신은 주장할 것이다.

"하지만 나는 이성적이기만 한 것은 아니다."

물론 그렇다. 그렇다면 당신의 이성이 스스로를 괴롭히지 못하게 하라. 만일 당신의 다른 부분이 고통을 겪는다면, 그 부분으로 하여금 스스로에 대한 관념을 갖게 하라.

41 동물적인 존재에게 있어 감각의 인식에 대한 장애는 악이며, 욕망의 장애 또한 악이다. 식물적 존재에게도 나름대로의 장애 요소가 있다. 마찬가지로 정신적 존재에게 정신의 장애는 악에 해당한다.

당신의 마음을 뒤흔드는 것은 무엇인가? 고통인가? 관능적 쾌락인가? 그것은 감각이 알아서 처리할 문제이다. 목적 달성을 위한 당신의 노력이 좌절된 적이 있는가? 만약 그 노력이 전혀 실패를 고려하지 않았다면, 이는 이성적 존재인 당신에게 분명 악이 되는 것이다.

그러나 만일 당신이 실패에 대한 보편적인 필요성을 인정한다면, 당신은 해를 입지 않을 뿐만 아니라 좌절을 맛볼 수도 없을 것이다. 정신의 영역에 관한 한 그것을 좌절시킬 수 있는 것은 아무것도 없다. 불도, 강철도, 폭군도, 모함도, 그 밖의 어떤 것도 이성을 손상시킬 수 없다.

"지구는 원형으로 만들어진 이상, 계속 그 형태로 존재할 것이다."[3]

42 나는 이제까지 단 한 번도, 고의로 타인에게 고통을 준 적이 없다. 따라서 나 자신에게도 고통을 안겨 줄 필요가 없었다.

43 사람들에게는 저마다 즐거움의 대상이 있다.

나의 즐거움은 바로 나를 지배하는 이성이 건전하고, 어느 누구도 멀리하지 않으며, 인간에게 일어나는 모든 일에 등 돌리지 않고, 모든 사물을 선의의 눈으로 바라보며, 모든 것을 순순히 받아들이고, 그것이 지닌 가치에 따라 활용하는 데에 있다.

44 오늘에 최선을 다하라. 사후의 명성을 추구하는 자들은,

---

[3] 엠페도클레스의 말을 인용.

후세의 사람들 또한 그들이 지금 혐오하고 있는 사람들과 똑같은 사람들이며, 그들 역시 죽게 될 거라는 사실을 깨닫지 못하는 자들이다.

후세의 사람들이 당신에 대해 이렇게 저렇게 말하든 또 어떻게 생각하든, 그것이 도대체 무슨 의미가 있단 말인가?

45 　나를 붙잡아 당신 마음껏 팽개쳐 보라. 나는 그 본래의 본성에 맞게 느끼고 행동할 수만 있다면, 어디서든 평정을 유지하고 만족할 것이다.

46 　인간에게 합당하지 않은 일은, 결코 인간에게 일어나지 않는다. 마찬가지로 황소의 본성에 맞지 않는 일은 황소에게 일어날 수 없고, 포도나무의 본성에 맞지 않는 일은 포도나무에게 일어날 수 없으며, 돌의 본성에 어울리지 않는 일은 결코 돌에게 일어나지 않는다.

이처럼 모든 사물에게는 지극히 보편적이고 자연스러운 일만 일어나는데, 당신은 왜 불평하는가? 본성은, 당신이 참고 견뎌 낼 수 없는 일은 결코 일으키지 않는다.

47 만일 당신이 어떤 외적인 일로 인해 고통을 받는다면, 분명 그것은 그 일 자체에 기인하는 것이 아니라 고통에 대한 당신의 마음에서 비롯되는 것이다. 하지만 그런 마음은 당신 능력으로 언제든지 몰아낼 수 있다.

만일 고통의 원인이 당신의 품성에 있다면, 당장 당신의 원칙을 수정하는 일에 착수하라. 어느 누가 당신의 뜻을 방해하겠는가? 만일 괴로움이 당신의 잘못된 행동에서 비롯된 것이라면, 당신은 왜 그 행동을 고치지 않는가?

도저히 혼자서는 해결할 수 없는 장애물인가? 그렇다면 자신에게 주어진 일을 완성하고 죽는 사람들처럼, 즐거운 마음으로 이 세상과 이별하라.

48 만일 당신을 지배하는 이성이 당신 속에 머물며 스스로에게 만족하고, 의지에 어긋나는 행위는 절대 하지 않는다면, 당신의 이성은 쉽게 무너지지 않을 것이다. 격정을 벗어난 이성은 하나의 성채와도 같으며, 자기 자신을 지킬 수 있는 가장 안전한 피난처가 된다.

이 사실을 깨닫지 못하는 자는 어리석은 자이며, 알고 있으면서도 그곳으로 피신하지 않는 자는 불행한 자이다.

49 첫인상에서 느낀 것 외에는 모두 무시해 버려라.

어떤 사람이 당신에 대해 나쁜 말을 하고 다닌다는 소리를 들었다고 치자. 그런데 그것은 단순히 전해 들은 말에 불과하다. 그 말로 인해 당신은 어떠한 타격도 받지 않을 것이다.

나는 내 아들이 앓는 것을 지켜본다. 그러나 위독한지 어떤지는 알지 못한다. 그러므로 항상 최초의 인상만 받아들이고 당신 나름의 생각을 보태지 않는다면, 더 이상 아무런 일도 일어나지 않을 것이다. 아니면 최소한, 사물은 사라지기 마련이라는 세상의 질서를 받아들이기만 해도 된다.

50 당신이 갖고 있는 오이의 맛이 쓴가? 그렇다면 던져 버려라. 당신이 가는 길을 가시덤불이 가로막고 있는가? 그렇다면 피해 가라.

그것으로 충분하다. 세상에 왜 이런 일이 벌어질까 하는 의문은 갖지 말라. 목수나 제화공의 작업장에 가서, 물건을 만들다 생긴 대팻밥이나 가죽 조각을 보고 괜한 트집을 잡다가 조롱거리가 되는 것과 마찬가지로, 당신의 우매한 물음은 자연을 잘 아는 사람의 비웃음을 사기 십상이다.

목수나 제화공은 대팻밥이나 가죽 조각을 버릴 장소를 갖고 있지만, 자연은 그러한 여분의 공간이 없다. 그러나 신기하게도, 자연은 자기 안에 있는 어떤 것들이 시들거나 낡아 쓸모없어지면, 그것을 수용하고 변화시켜 새로운 사물을 만들어 내는 기적을 행한다.

그래서 자연은 밖으로부터 따로 새로운 물질을 공급 받지 않으며, 쓸모없는 것들을 버려야 할 공간 역시 필요하지 않다. 자연은 자연 스스로의 공간과 물질과 기능으로서 충분한 것이다.

51 경박한 행동을 삼가고, 대화함에 있어서 경솔하지 말라. 생각의 중심을 잃어서도 안 된다. 당신의 영혼을 고통에 빠지게 하지 말고, 쾌락에 날뛰게 하지 말라.

사람들이 당신을 죽이고, 당신의 육신을 갈기갈기 찢으며 저주한다고 상상해 보라. 설령 그렇다 하더라도 이러한 것들이, 순결하고 현명하며 건강하고 올바르게 머물고자 하는 당신의 영혼을 방해할 수 있겠는가?

예컨대, 어떤 사람이 투명하고 맑은 샘물가에 서서 샘물을 저주한다 하더라도 샘물은 결코 마르거나 변하지 않는다. 설사 그 속에 진흙이나 오물을 집어넣는다 해도, 샘물은 재빨리 그것들을 흘려보내고 씻어 내어 전혀 더럽혀지지 않을 것이다.

그렇다면 당신은 어떻게 해야 그저 단순한 우물이 아닌 영원한

샘을 소유할 수 있겠는가? 그것은 바로 자기 자신을, 만족과 겸손으로 결합된 자유와 함께 있게 하는 것이다.

52 우주가 무엇인지 모르는 사람은 자신이 어디에 있는지조차 알지 못한다. 또한 우주의 존재가 어떠한 목적을 지니고 있는지 이해하지 못하면, 자신이 어떠한 존재이고 무엇을 위해 존재하는지도 모르게 된다.

당신은 이처럼 자신이 어디에 있으며, 자기가 어떤 존재인지조차 모르면서 단순히 갈채만을 보내는 군중의 찬사를 추구하거나, 혹은 그것을 회피하려는 사람들을 어떻게 생각하는가?

53 당신은 한 시간에 세 번씩이나 자신을 저주하는 사람들의 칭송을 듣길 원하는가?

스스로를 기쁘게 할 줄도 모르는 사람의 마음에 들고 싶은가? 말과 행동, 자신의 모든 것에 회의를 품는 사람이 어떻게 스스로에게 만족할 수 있겠는가?

54 당신의 호흡이 당신을 둘러싼 대기의 일부를 공유하는 것처럼, 당신의 사고도 당신을 에워싼 만물의 섭리와 조화를 이루도록 해야 한다.

호흡할 수 있는 사람이 공기의 힘을 끌어들이는 것처럼, 이성의 힘 역시 의지만 있다면 모든 부분에 두루 퍼져 흡수될 수 있다.

55 인간들이 보편적으로 지닌 사악함은, 조금도 우주에 해를 끼치지 못한다. 마찬가지로 개별적인 한 인간의 사악함 역시 다른 사람에게 해를 끼치지 못한다.

악은 다만 악에 사로잡힌 죄인만을 해칠 수 있다. 그러나 그 역시 스스로 원하기만 하면 당장 악으로부터 벗어날 수 있는 힘을 지니고 있다.

56 내 이웃의 호흡이나 육신이 나의 의지와 관계가 없듯이, 내 이웃의 의지 또한 나의 의지와는 아무런 관련이 없다.

비록 우리가 신의 뜻에 따라 서로를 위해 태어나기는 했지만, 각자의 이성은 그 나름대로의 지배 영역을 갖고 있기 때문이다. 만약 그렇지 않다면 내 이웃의 악덕이 곧 나의 악덕이 될 것이다.

그러나 다행히도 신은 나의 행복이 다른 사람의 뜻에 의해 파괴되지 않도록 해 주었다.

57 태양은 그 빛을 사방으로 쏟아 내는 것처럼 보이지만, 사실 모든 방향으로 발산되는 것은 아니다. 이는 단지 태양 자체의 확장으로 그렇게 보이는 것뿐이다. 실제로 태양 광선이란 말은 '확장되다'라는 말에서 나온 것이다.

태양 광선의 특성을 이해하기 위해서는, 태양 광선이 좁은 구멍을 통해 어두운 방으로 통과하는 것을 관찰해 보면 쉽게 이해할 수 있다.

태양 광선은 직선으로 뻗치다가 진로를 가로막는 어떤 물체를 만나게 되면 그대로 정지한다. 이때 광선은 그 자리에 머문 채 미끄러지지도 않고 떨어지지도 않는다.

마찬가지로 어떤 사상이나 정신의 확산은 고갈이 아닌 확장이어야 한다. 때문에 장애물과 격렬하게 맞부딪쳐서도 안 되고, 그것으로부터 떨어져 나가도 안 된다. 반드시 그곳에 머물러 그 정신을 받아들이는 대상을 비춰 주어야 하는 것이다. 빛을 보내는데 실패한다면 그 빛을 잃게 될 뿐이다.

58 죽음을 두려워하는 사람은, 감각의 상실도 두려워하지만 새로운 감각을 받아들이는 것도 두려워한다. 하지만 만약 당신에게 그 어떤 감각도 남아 있지 않다면, 당신은 아무런 상처도 입지 않게 된다.

반면 새로운 감각을 얻을 수 있다면 당신은 새로운 존재가 된다. 따라서 삶도 끝나지 않을 것이다.

59 인간들은 서로를 위해 존재한다. 그러므로 우리는 서로를 올바른 길로 인도하거나, 아니면 참고 견뎌 내야 한다.

60 화살이 날아가는 길이 따로 있고, 정신 역시 움직이는 길이 따로 있다. 실제로 정신은 신중을 기할 때나, 어떤 연구에 골몰할 때에나 한결같이 자기 목적을 향해 움직인다.

61 다른 사람의 속마음을 헤아릴 줄 알고, 다른 사람을 당신의 마음속으로 끌어들일 줄도 알아야 한다.

혼돈에 대하여

제9장

당신은 유익하지 않은 많은 괴로움을 떨쳐 버릴 수 있다. 그것들은 전적으로 당신의 생각 속에 존재하기 때문이다. 당신의 마음속에 온 우주를 포용하고, 영원한 시간을 생각하고, 모든 사물들의 빠른 변화를 생각하고, 출생에서 죽음에 이르기까지의 시간이 얼마나 짧은가를 생각하고, 또 출생 이전과 죽음 이후의 무한한 시간을 생각함으로써, 보다 넓은 세계로 들어갈 수 있는 것이다.

1 　정의롭지 못함은 죄악이다. 왜냐하면 우주의 본성은 서로를 위하도록 이성적인 존재들을 만들었기 때문이다. 그러므로 자연의 의지를 거역하는 자는, 모두 신의 뜻을 거스르는 죄를 저지르는 것이 된다.

　정직하지 못한 것 역시 신에 대한 모독이다. 우주의 본성은 현존하는 사물 그대로의 본성이며, 현존하는 만물은 나중에 존재하게 될 만물과 밀접한 관계를 갖기 때문이다.

　거짓 역시 부정한 행위이기 때문에 의도적인 거짓말은 물론 부지중에 한 거짓말까지도 죄에 속한다. 그것은 자연의 조화를 깨뜨리고 질서 있는 우주 속에 불온한 무질서를 심는 행위이기 때문이다. 즉, 인간은 자연이 준 능력을 소홀히 하여 결국에는 진실과 거짓을 구별할 수 없을 지경에까지 이르렀기 때문에, 설령 본래의 의도가 아닐지라도 진실이 위배되는 곳으로 타락하면 이 역시 불손한 행위에 해당한다. 또한 쾌락을 선으로 추구하고, 고통을 악으로 생각하여 피하는 사람도 죄를 범하게 되는 것이다.

　이런 사람들은 분명 우주의 본성에 대해 온갖 불평을 늘어놓을 것이다. 흔히 악인은 쾌락을 누리며 많은 것을 소유하는 데 반해, 선인은 그들 때문에 고통받고 그 원인이 되는 사물을 소유하고 있다고 말이다.

　고통을 두려워하는 사람은 앞으로 벌어질 일에 대해 두려워하는데 이 역시 죄악에 해당한다. 또한 옳지 못한 행위들을 멈추지 않는 사람 역시 명백한 죄인이다.

자연의 법칙을 따르고자 한다면, 자연과 동일한 마음을 가져야 하며, 평등한 관계를 맺지 않으면 안 된다. 그리고 고통이나 쾌락, 죽음과 삶, 명예와 불명예를 똑같이 무관심으로 대하지 못한다면, 이는 분명 죄를 범하는 것이 된다. 왜냐하면 그 모두가 신이 차별 없이 선택하여 이곳에 존재시킨 것이기 때문이다.

2 거짓이나 위선, 그리고 어떤 오만이나 사치도 경험하지 않은 채 이 세상을 떠날 수 있다면, 그야말로 최고의 행복을 누린 삶이 될 것이다.

당신은 진정 악의 틈바구니 속에서 살아가기로 결심했는가? 당신이 지금까지 겪은 경험이, 이제는 악역에서 벗어나라고 설득하지 않는가? 정신이 오염되는 것은, 실로 우리를 둘러싼 그 어떤 오염이나 부패보다 훨씬 더 유해하다.

환경의 오염이나 부패는 인간의 동물적 생명을 앗아 가는 것이지만, 정신적 오염은 우리의 인간성을 빼앗아 가는 무서운 질병이기 때문이다.

3 죽음을 멸시하지 말라. 그것 역시 자연이 원하는 일 가운데

하나이므로 기꺼이 받아들여라.

사람이 태어나 청년이 되고 나이가 드는 것, 성장하고 성숙해지는 것, 치아와 수염과 흰머리가 나는 것, 임신하고 출산하는 것, 그 밖에 인생에 있어서의 다른 자연 현상들처럼 죽음 또한 자연스러운 것이다.

그러므로 죽음에 대해 무심하거나 불만을 터뜨리거나 적대시하지 않고, 다만 자연의 현상으로 순순히 받아들이는 것은 사고하는 인간의 특성에 합당한 일이다.

그러나 만일 당신의 마음이 보다 소박한 위안을 얻고자 한다면, 죽음이 닥쳤을 때 당신이 남기고 떠나는 주위 사물들의 본성을 생각하고, 더 이상 당신과 어울릴 수 없는 사람들을 생각하라. 그보다 더 좋은 방법은 없을 것이다. 물론 이런 환경과 사람들에게 분노를 느끼라는 뜻은 아니다. 오히려 그들을 사랑하고 인자하게 참아 주는 것이 당신의 의무일 것이다.

4 죄를 짓는 사람은 결국 자기 자신에게 죄를 짓는 것이다. 또한 부정을 범하는 사람은 자기 자신을 악하게 만드는 것이므로, 결국 스스로에게 부정을 범하는 것이 된다.

5 어떤 일을 행하는 사람뿐만 아니라, 아무 일도 하지 않는 사람 역시 가끔 부정한 행동을 하는 경우가 있다.

6 현재 당신이 갖고 있는 견해가 이성을 토대로 세워져 있고, 당신의 현재 행동이 사회적 선을 지향하며, 현재 일어나고 있는 모든 일에 만족하고 있다면 그것으로 족하다.

7 환상을 지워 버려라. 충동과 헛된 욕망을 억제하라. 당신의 지배 기능, 즉 이성으로 하여금 절대 권력을 갖게 하라.

8 이성이 없는 동물에게는 단지 하나의 생명만이 주어졌을 뿐이다. 반면 이성을 지닌 동물에게는 하나의 이성적인 영혼이 분배되어 있다.

마치 흙의 본성에 속하는 모든 사물에게 하나의 지구가 있고, 또 시력이 있고 생명이 있는 우리 모두가 유일한 빛을 통해 보며, 유일한 공기를 통하여 호흡하고 있듯이.

9 공통된 요소를 지니고 있는 사물은, 한결같이 자신과 동일한 것을 지향하는 경향이 있다. 흙의 성질을 갖고 있는 것들은 지구의 중력을 받고, 물의 성질을 갖는 것들은 서로를 향해 흐르며, 공기의 성질을 갖는 것들 역시 마찬가지이다. 그렇기 때문에 이런 것들을 제각각 떼어 놓기 위해서는 어떤 힘이 필요하다.

불은 그 요소가 지닌 특성 때문에 하늘로 올라가는 경향이 있다. 그래서 지상에 있는 불꽃마저도 동질의 것과 합세하기를 바라기 때문에, 메마른 성질의 것이면 무엇이든 쉽게 발화한다.

마찬가지로 우주의 본성을 이루는 모든 존재들도 서로에게 이끌리는 경향이 있다. 왜냐하면 우주적 정신은 창조적 계열 속에서도 그 위치가 가장 높기 때문에, 비슷한 것과 섞이고 융합하려는 욕구 또한 한층 강하기 때문이다.

이렇듯 결합하고자 하는 본능은 맨 먼저 이성이 없는 피조물 사이에서 일어난다. 그 실례로 우리는 벌이 떼 지어 몰려다니고, 소가 무리를 이루고 서로 교미하며, 새들이 둥지를 트는 것을 볼 수 있다. 그들에게는 영혼이 있고, 이미 비교적 높은 차원의 생활을 유지하고 있기 때문에 그들의 결합 욕구는 돌멩이나 나무 등에서는 찾아볼 수 없을 정도로 매우 강렬하다.

그러나 이성을 지닌 존재의 경우에는 정치적 단체나 친구관계, 가족관계, 공공 집회 등이 있으며 전쟁 시에는 조약과 휴전이라는 것이 있다. 또한 더 높은 차원으로 올라가면, 별들처럼 서로 멀리 떨어진 개체들 사이에서도 어느 정도 결합하는 힘이 존재한다. 이처럼 창조의 서열이 높으면 높을수록 그것들 사이에는 더 큰 공감대가 형성되는 것이다.

그렇다면 이제 현실을 바라보자.

결합하고자 하는 열망을 망각하고 있는 것은, 오직 이성을 지닌 피조물인 인간들뿐이다. 오로지 우리 인간들 사이에서만 결합이 보이지 않는다. 그러나 인간이 아무리 이 결합으로부터 도망치려고 해도, 인간은 이미 서로 얽매여 있는 존재이다.

자연은 우리가 대항하기에는 너무 강하다. 이러한 사실은 누구나 조금만 관찰해 보면 쉽게 발견할 수 있다.

아무런 유대관계도 맺지 않은 인간은 없다. 이런 인간을 발견하기란 지구와 무관하게 동떨어져 있는 한 줌의 흙을 발견하는 것만큼 어려운 일이다.

10 신이나 인간이나 우주는 모두 열매를 맺는다. 적당한 시기가 되면 제각각 열매를 맺는데, 그것은 이성 자체와 세계를 위한 것이다. 왜냐하면 이성으로부터 나오는 여러 가지 수확물에는 각각 이성의 흔적이 남아 있기 때문이다.

11   가능하다면 당신에게 그릇된 행동을 보이는 사람들에게, 보다 훌륭한 길을 가르쳐 주어라. 만일 불가능하다 해도, 바로 그런 경우를 위해 당신에게 관대함이 주어졌다는 사실을 기억하라.

신 역시 그런 사람들에게 관대하며, 때로는 그들이 성취하려는 어떤 목적들이 이루어지도록 도와주기 때문이다.

당신도 그렇게 할 수 있다. 어느 누가 막을 수 있겠는가?

12   열심히 일하라. 그러나 노예처럼 억지로, 혹은 동정이나 칭찬받기 위해 일하지 말라.

오직 한 가지, 당신의 행위가 사회적 이성이 명령하는 바에 따르기만을 원하라.

13   나는 오늘 온갖 번뇌로부터 벗어났다. 아니, 온갖 번뇌를 밖으로 내쫓아 버렸다고 해야 옳을 것이다. 왜냐하면 그 모든 번뇌는 외부에 있던 것이 아니라 나의 내부, 즉 내 생각 속에 있었기 때문이다.

14 만물은 모두 동일하다.

경험 또한 비슷하고, 시간은 덧없으며, 그 물질적 구성 요소 역시 가치 없는 것이다. 지금의 모든 것은, 우리가 땅에 묻어 버린 사람들의 시대에 존재했던 것들과 똑같다.

15 사물은 우리 외부에 존재한다. 그들은 스스로에 대해 아무것도 모르고 어떠한 비판도 표명하지 못한다. 그렇다면 그들을 비판하는 것은 무엇인가? 그것은 우리의 안내자이며 지배자인 '이성' 뿐이다.

16 이성을 가진 사회적 동물은, 자신의 감정이 아닌 의지에 영향을 받는다.

따라서 그의 외적인 행동은, 좋은 행동이든 나쁜 행동이든 감정이 아닌 의지의 산물인 것이다.

17 공중에 던져진 돌이 위로 올라간다고 해서 그것이 선이

아닌 것처럼, 다시 땅으로 떨어진다고 하여 그것이 악이 되는 것
은 아니다.

18   인간의 깊은 내면을 통찰하라.

그러면 당신은 스스로 어떠한 비평을 두려워하는지 알게 될
것이다. 또한 그런 사람들이 어떤 판단을 내리는지도 알게 될 것
이다.

19   만물은 변화하며, 당신도 이러한 변화 속에 있다.

어떤 의미에서는 끊임없이 파괴되고 있는데, 그것은 우주 전체
에 있어서도 마찬가지이다.

20   다른 사람의 잘못을 발견하더라도 그대로 내버려 두라.

그로 하여금 스스로 자기 잘못을 보고 깨우치게 하는 것이 당신의
의무이다.

21 활동의 정지, 판단의 단절, 죽음 같은 것들은 결코 악이 아니다. 당신의 어린시절, 소년시절, 청년기, 노년기에 이르는 삶을 돌이켜 보면, 각각의 변화 그 자체는 일종의 죽음인 것이다. 이 변화가 그렇게 두려운가?

인생의 중지나 단절, 죽음, 변화는 결코 두려운 것이 아니다.

22 당신과 우주, 그리고 이웃의 정신을 탐구해 보라.

당신의 정신을 탐구하는 것은 그것을 올바르게 다듬기 위함이며, 우주의 정신을 탐구하는 것은 당신의 본질을 되돌아보기 위함이다. 그리고 이웃의 정신을 탐구하는 것은 그를 이해하고, 당신의 정신과 유사한가 아닌가를 알기 위해서이다.

23 당신은 사회를 구성하는 한 부분이다. 따라서 당신의 모든 행동이 사회 전체를 완성하는 데 기여하도록 해야 한다.

직접적으로나 간접적으로 사회의 목적과 관계가 없는 행동은 사회생활을 혼란스럽게 만들고, 결국엔 사회 질서를 파괴하기 때문이다.

24 어린아이들의 싸움이나 장난 같은 것, 이것이 인생이다.

25 사물이 지닌 본성과 특질을 알아내려면, 먼저 그 사물의 물질적인 부분을 완전히 제거해야 한다. 그리고 이 특별한 사물이 지상에서 얼마나 오래 지속될 수 있는지 그 최대 수명을 판단하도록 하라.

26 당신의 지배자인 이성은 그 본연의 일을 수행하는 것에만 만족하지 않는다. 그로 인해 당신은 수없이 많은 불행을 겪어야만 했다.

그러나 이제 그것으로 충분하다.

27 어떤 사람이 악의에 차 당신을 비난하거나, 비방한다면, 그들의 영혼에 깊숙이 파고들어 가 그들이 어떤 인간인지를 관찰해 보라. 그러면 당신에 대한 그들의 판단을 걱정하거나, 그들의 호평을 받으려고 애쓸 필요가 없음을 깨닫게 될 것이다.

그러나 본질적으로 그들은 당신의 동료이므로, 잘 대해 주어야 한다. 신들 역시 그들이 목표를 달성할 수 있도록 꿈이나 계시 등의 방법으로 그들을 돕고 있기 때문이다.

28 우주의 주기적인 운동에는 항상 변함이 없다. 무수한 세월이 흐르더라도 그것은 위아래로 오르내린다. 또한 우주의 이성은 각각의 결과를 가져오기 위해 스스로 움직이고 있다. 그러므로 당신은 그 움직임으로 인해 발생하는 결과에 만족해야 한다.

우주의 의지는 한 가지의 중요한 계기가 작용한 것이며, 그 밖의 모든 현상들은 부수적인 활동에 해당한다. 즉 하나의 사건이 다른 사건의 원인이 되는 식이다. 사물은 각기 별개의 단위이거나 전체를 이루는 불가분의 인자인 것이다.

머지않아 우리 모두는 흙으로 덮이게 될 것이다. 그리고 그 흙 자체도 변할 것이다. 또한 이 변화로 인해 생겨난 것도 변할 것이며, 이같은 변화는 영원히 이어질 것이다.

이렇게 끊임없이 계속되는 변화와 변형의 물결과, 순식간에 사라져 버림을 항상 기억한다면, 죽음을 면할 수 없는 모든 것들을 경멸할 수 있게 될 것이다.

29 우주의 생성 활동은, 마치 해빙기의 격류와 같아서 모든 것을 순식간에 휩쓸어 간다. 하물며 철학의 정신으로 정치를 해결하려는 이 가련한 영혼들은 얼마나 한심한가. 하나같이 바보 얼간이들이다!

당신은 이제 당신의 본성이 원하는 것들을 행해야 한다. 능력이 허락하는 한 최선의 행동을 취하라. 인정받기 위해 주위를 배회하지 말라. 그리고 플라톤이 말하는 이상국가도 기대하지 않는 편이 낫다.

아주 사소한 일이라도 성과가 나타나면 그것에 만족할 줄 알아야 하며, 결코 작은 것으로 치부해서는 안 된다. 어느 누가 당신의 생각을 바꿀 수 있겠는가? 생각의 변화 없이 순종하는 척하면서 불평만 늘어놓는 것이, 노예의 삶과 무엇이 다르겠는가?

30 헤아릴 수 없이 많은 사람들의 다양한 종교 의식, 폭풍우와 맑은 날을 개의치 않는 무한한 항해, 세상에 태어나 더불어 살다가 죽는 사람들의 천태만상을, 보다 높은 곳에서 내려다보라. 지나간 세대들, 또 다음 세대를 살아갈 사람들의 생활, 그리고 현재에 속해 있는 사람들과 야만인들의 생활을 생각해 보라.

그 가운데 얼마나 많은 사람들이 당신의 이름조차 알지 못하며, 얼마나 많은 사람들이 당신의 이름을 잊게 될 것인지, 또한 지금 당신을 칭찬하는 사람들이 얼마 안 가서 어떻게 당신을 비난할 것인지를 생각해 보라. 그러면 후세의 명성이나 평판, 그 밖의 것들은 모두 아무런 가치가 없다는 사실을 알게 될 것이다.

31 외부적인 원인에 의한 현상들로 인해 마음이 흔들리지 않도록 하고, 내부적인 원인에 의해 빚어지는 일들에 대해서는 올곧게 행동하라. 그리고 당신의 의지와 모든 행위는 사회적 규범과 본성의 법칙을 따르도록 하라.

32 유익하지 않은 많은 괴로움은 전적으로 당신의 생각 속에 존재한다. 당신의 마음속에 온 우주를 포용하고, 영원한 시간을 생각하며, 모든 사물들의 빠른 변화와, 출생에서 죽음에 이르기까지의 시간이 얼마나 짧은지, 또 출생 이전과 죽음 이후의 무한한 시간을 생각함으로써, 보다 넓은 세계로 들어갈 수 있는 것이다.

33 당신의 눈앞에 있는 모든 것은 곧 사라질 것이며, 그것들이 사라지는 것을 지켜본 사람들 역시 곧 사라져 갈 것이다. 장수한 사람과 일찍 죽은 사람 사이에는 아무런 차이가 없다.

34 인간을 이끄는 본능은 과연 무엇인가? 그들이 쟁취하려는 목적은 무엇인가? 어떤 종류의 사물을 사랑하고 존중하는가? 간단히 말해 그들의 영혼을 발가벗겨 보라.

그들은 아직도 자신들이 남에게 하는 칭찬과 비난이, 도움을 주기도 하고 상처를 입힐 수 있다고 생각하고 있진 않은가? 이 얼마나 어리석은 일인가?

35 상실이란 변화의 한 종류일 뿐이다. 우주의 본성은 이러한 변화를 좋아하며, 그것에 순응하면 모든 일이 순조롭게 이루어진다. 세상이 생겨난 이래 만물은 자연의 명령에 따라 진행되어 왔다. 그리고 끊임없이 되풀이될 뿐이다.

그런데도 당신은, 지금까지 만물은 악한 것이었고, 또 앞으로도 악할 것이며, 많은 신들이 이러한 사물을 바로잡기 위해 노력했으나 모두 헛수고였으며, 세계는 끊임없는 악 속에 묻혀 있도록 운명 지어졌다고 말할 수 있는가?

36 우리의 육신은 썩어 없어질 물질로 이루어져 있다. 물과 흙과 뼈와 배설물이 그것이다. 대리석은 흙의 응고요, 금이나 은은 침전물에 지나지 않으며, 옷은 단지 털 보푸라기로 된 것이고, 자줏빛 물감은 피로 만들어진 것이며 그 밖의 모든 것도 마찬가지이다.

생명의 본질도 이와 같아서, 이것저것으로 변화를 되풀이하는 것에 지나지 않는다.

37 지금까지의 초라한 생활이나 불평, 원숭이 같은 잔재주는 이제 그것으로 충분하다. 어째서 당신의 마음을 혼란에 빠뜨리는가?

이 세상에서 과연 무엇이 새롭겠는가? 무엇이 당신을 초조하게 하는가? 사물의 형상인가? 아니면 어떤 물질인가? 잘 살펴보라. 그것들 외에는 아무것도 없다. 오직 신만을 우러르며 더욱 단순하고 소박하고 선량해지도록 노력하라.

38 잘못을 저지르는 것은 다른 사람이 아닌 바로 자신에게 해가 될 뿐이다. 그러나 어쩌면 그는 잘못을 저지르지 않았을지도 모른다.

39 모든 것은 지능을 갖춘 근원으로부터 출발하여 하나의 통일체로 결합하고, 각 부분은 전체의 이익을 위해 움직인다. 오직 원자만이 존재할 뿐이며, 혼합과 분산의 현상 이외에는 아무것도 없는 것이다.

그렇다면 당신의 마음은 왜 혼란에 빠지는가? 당신을 지배하는 이성에게 말하라.

"당신은 죽어 있는가, 부패되었는가, 위선을 행하고 있는가, 들짐승이 되어 주린 배를 채우고 있는가?"

40 신들은 아무런 능력도 갖고 있지 않거나, 아니면 무한한 능력을 갖고 있다. 그들에게 능력이 없다면, 당신은 어찌하여 기도하는가? 만일 그들에게 능력이 있다면, 당신은 어찌하여 이러이러한 일들이 일어나게 해 달라거나, 혹은 일어나지 않게 해 달라고 기도하지 않는가? 왜 당신이 염려하는 것들에 대한 두려움

과 욕망과 괴로움을 제거해 달라고 기도하지 않는가?

만일 신들이 그러한 방법으로 인간을 도울 수 있었다면, 그들은 분명 그렇게 했을 것이다.

어쩌면 당신은, 신들은 그런 것을 나의 능력으로 움직일 수 있게 했노라고 말할지도 모른다. 그렇다면 자유인으로서 당신의 힘으로 좌우할 수 있는 것들을 즐기는 편이, 노예나 거지처럼 능력 밖의 일들로 인해 고통 당하는 것보다 낫지 않겠는가? 왜 신들이 우리의 능력에 속해 있는 것들을 도와주지 않는다고 불평하는가?

이렇게 기도해 보라. 그러면 깨닫게 될 것이다.

누군가가 '저 여자를 소유하게 해 주십시오' 라고 기도한다면, 당신은 '저 여자를 소유하겠다는 욕심을 제거하게 해 주십시오' 라고 기도하라.

누군가가 '아무개를 제거토록 해 주십시오' 라고 기도한다면, 당신은 '그 사람을 제거하고 싶은 저의 욕망을 억누를 수 있게 해 주십시오' 라고 기도하라.

누군가가 '나의 소중한 아들을 지켜 주십시오' 라고 기도한다면, 당신은 '자식을 잃으면 어쩌나 하는 공포감에서 벗어나게 해 주십시오' 라고 기도하라.

이렇듯 기도의 방향을 바꿔 보아라. 그러고 나서 그 결과를 보아라.

41 에피쿠로스가 말했다.

"내 몸이 병들어 있을 때에도, 나는 내 육체적 고통에 대해서는 이야기하지 않았다. 문병을 온 사람들에게도 말이다. 항상 그래 왔듯이, 나는 사물들이 지닌 본질에 관해 토론을 벌였다. 그 주제의 초점은 인간의 정신이 육체의 혼돈 속에 관여해 있으면서, 어떻게 혼란으로부터 벗어나 올바른 선을 간직하는가 하는 것이었다.

또한 나는 의사들이 스스로가 무슨 대단한 일이라도 행하는 양 근엄한 표정을 지을 기회를 주지 않았다. 나의 삶은 올바르고 행복한 것이었다."

병이 들거나 어떤 뜻밖의 상황에 처했을 때에는 에피쿠로스가 했던 것처럼 행동하라. 결코 철학을 버리지 말고, 자연의 본질을 모르는 무지한 사람들과의 쓸데없는 대화에 참여하지 말라. 이것은 모든 학파들의 공통된 원칙이다.

현재 당신 앞에 놓인 일과, 그 일을 수행할 수 있는 방법에만 몰두하도록 하라.

42 어떤 사람의 뻔뻔스러운 행동으로 인해 마음이 상했다면 즉시 이렇게 자문하라.

'염치없는 인간이 존재하지 않는 세상은 없는 걸까?'

물론 그런 세상은 있을 수 없다. 불가능한 일은 기대하지 말라.

그 역시 이 세상에 필연적으로 존재해야 할 구성원 중 하나일 뿐이다.

또한 악한이나 배신자들, 잘못을 저지르는 사람들을 만날 때에도 똑같이 생각하라. 그들 역시 이 세상에 없어서는 안 된다는 것을 알게 된다면, 보다 친절해질 수 있을 것이다.

또 수많은 악행에 대항하기 위해, 자연이 인간에게 어떠한 미덕을 부여했는지를 생각해 보는 것도 유익할 것이다.

자연은 인간에게 어리석은 자에 대한 해독제로 관용을 부여하고, 그 밖에 다른 사물에 대해서는 각각의 다른 힘을 부여했다. 따라서 당신에게는 부정한 사람을 타이르고 바로잡아 줄 수 있는 능력이 있다. 잘못을 저지르는 사람들은 자신의 행동에 대한 목적을 잃고, 그로 인해 실수를 범하기 때문이다.

그 외에 당신은 무엇 때문에 피해를 입는가? 당신을 분노하게 만드는 사람 중 당신의 마음을 악하게 하는 사람은 아무도 없다. 해악은 오직 당신의 마음에서 일어나기 때문이다. 교양이 없는 사람이 교양 없는 행동을 했는데, 무엇이 이상하고 무슨 허가 있겠는가?

누군가를 성실하지 못하다거나 배은망덕하다고 비난하고 싶을 때에는, 먼저 당신 자신에게로 눈을 돌려라. 애초부터 시간 관념이 없는 사람임을 알면서도 그가 약속을 지키리라 기대했다거나, 당신이 베푼 친절에 대해 보상을 바랐다면 그 잘못은 명백히 당신 자신에게 있다.

당신이 누군가에게 친절을 베풀었다면 그 이상 무엇을 더 바라는가? 당신은 본성에 따르는 일을 했을 뿐이다. 그런데 그것에 만족하지 못하고 무슨 대가를 원하는가?

당신이 자신의 행위에 대해 보답을 원하는 것은, 마치 눈이 뭔가를 보았다고 하여, 혹은 발이 걷는 행위에 대하여 그 대가를 요구하는 것과 같다. 눈과 발은 각각 보는 일과 걷는 일을 수행하기 위해 만들어졌으며, 창조된 목적에 따라 행동함으로써 자신의 본분을 다하고 있을 뿐이다.

마찬가지로 인간은 친절한 행위를 위해 창조되었으며, 공익을 수행하는 것은 창조된 목적을 있는 그대로 행하는 것일 뿐이다.

사회적 존재에 대하여

제10장

당신에게 일어나는 모든 일은 아득한 태초부터 이미 준비된 것이다. 인과관계라는 직조물 위에 당신의 운명의 실은 유구한 시간을 거쳐 오면서 특정한 사건을 짜 나가고 있는 것이다.

1   나의 영혼이여! 너는 선하고, 소박해지고, 하나로 통일되고, 순수해지고, 너를 둘러싼 육체보다 더 분명해지지 않으려는가? 사랑 가득한 마음의 달콤함을 맛보지 않겠는가?

그 무엇도 바라지 않고, 탐하지 않으며, 쾌락을 안겨 줄 무엇이나, 그것을 연장시킬 시간과 장소와 날씨 등을 필요로 하지 않는 상태가 되어 보지 않겠는가?

다정한 인간관계도 필요 없는 완전한 만족을 누려 보지 않겠는가?

너는 언제쯤 모든 상태에 만족하고, 주어진 환경을 기뻐하며, 네게 오는 모든 것이 신으로부터 오는 것임을 믿을 수 있겠는가?

또한 모든 것은 신에게 기쁨을 주기 위해 있는 것이며, 그것들은 우주의 안전과 번영을 위해 신이 계획하고 실천하는 것이라고 믿을 수 있겠는가?

오, 나의 영혼이여!

너는 신들과 인간들과 조화를 이루어, 그들을 비난하거나 그들로부터 비난받지 않는 존재가 되어 보지 않겠는가?

2   자연의 지배를 받고 있는 것을 알고 있다면, 당신의 본성이 요구하는 것이 무엇인지 살펴보아라. 그리하여 그 요구가 당신에게 해를 미치지 않는 한, 그것을 순순히 받아들이고 행하라.

그 다음 생명체로서 당신의 본성이 요구하는 것이 무엇인지 관찰하라. 그리고 그 요구가 이성적인 본성에 해를 미치지 않는다면 기꺼이 받아들여라.

다른 일에 마음을 빼앗기지 말고 이 원칙을 준수하라.

3 이 세상에서 일어나는 모든 일은, 당신이 감당할 수 있도록 자연이 이미 만들어 놓았거나, 그렇지 못하거나 둘 중 하나이다.

만일 당신에게 당신의 본성으로 참고 견딜 수 있는 일이 일어난다면, 불평하지 말고 그 상황을 이겨 내야 한다. 그러나 혹 본성적으로 이겨 낼 수 없는 일이 일어났다 하더라도 불평하지 말라. 그 상황은 당신을 소멸시킨 뒤에 곧 똑같이 소멸될 것이기 때문이다.

그러나 당신의 본성은 그러한 일을 모두 참고 견뎌 낼 수 있다는 사실을 기억하라. 견뎌 낼 수 있는가 없는가는 오로지 당신의 뜻에 달려 있다. 그것은 당신에게 유익하며, 모든 일을 참고 견디는 것만이 당신의 의무라고 생각하라.

4 만일 누군가가 잘못을 저질렀다면, 당신은 그를 친절히 타이르고 잘못을 깨우쳐 주어야 한다. 만일 설득할 수 없다면 당신

자신을 탓하라.

5 당신에게 일어나는 모든 일은 아득한 태초부터 이미 준비된 것이었다.

인과관계라는 직조물 위에 당신이 가진 실은 유구한 시간을 거쳐 오면서 그 특정한 사건을 짜 나가고 있는 것이다.

6 '나는 자연이 지배하는 전체의 일부임을 확신하며, 또한 나와 나 이외의 다른 부분 사이에는 동류적인 유대관계가 있음을 확신한다.'

만일 당신의 마음속에 이런 생각을 갖고 있다면, 전체의 일부분인 당신은, 전체로부터 할당 받은 모든 것에 대해 불평하지 않게 될 것이다. 왜냐하면 전체에 유익한 것이, 결코 부분에게 해가 될 리는 없기 때문이다. 전체 속에서 전체에게 유익하지 않은 것은 하나도 없다.

이것은 자연의 모든 유기체에게 공통적으로 적용되는 것으로, 특히 우주의 본질에 있어 더욱 그러하며, 어떤 외적인 원인으로 인해 자신에게 해로운 것을 생산하도록 강요받는 일은 있을 수 없다.

　그러므로 당신이 전체의 일부분임을 기억하는 한, 당신은 공공의 안녕을 해치는 행위는 결코 하지 않을 것이다. 또한 당신과 같은 종류의 다른 부분들을 생각하고, 당신의 모든 활동을 공공의 이익을 위해 기울일 것이며, 이와 반대되는 것들은 멀리할 것이다. 그리하여 당신의 삶은 평온하게 지속될 것이다.

7　우주의 각 부분들은 필연적으로 소멸한다. 즉, 모든 것은 반드시 변화를 겪어야 한다.

　만일 이 소멸이 각 부분에 있어 악이라고 한다면, 우주는 계속해서 좋은 상태를 지속할 수 없을 것이다. 왜냐하면 각 부분은 항상 변화해야 할 운명에 처해 있으므로 제각기 다른 방법으로 소멸될 것이기 때문이다.

　그렇다면 자연은 자신의 부분인 만물에 대해 상처를 입히고, 필연적으로 악에 빠지도록 처음부터 계획하고 있었을까? 아니면 전혀 그런 사실을 모른 채 그같은 결과가 되었을까? 두 가지 모두 잘못된 추측이다.

　혹 자연을 제외한 모든 것을 정상적인 창조의 단계라는 관점에서 설명한다 하더라도, 전체 중의 부분들이 이처럼 변화하는 것을 보고 자연스럽지 않은 사건인 것처럼 놀라거나 분개하는 것은 부조리하다.

그 변화를 정상적인 것이라고 말하는 것도 마찬가지이다. 사실 부분들이 하는 일이란, 고작 그들을 구성하는 원래의 원소로 환원하는 것이기 때문이다. 사물의 분해는 만물을 구성하고 있는 여러 원소로 흩어지거나, 고체가 흙이 되고 호흡이 공기로 변해서 각 부분들이 보편적 이성으로 되돌아가는 것이다. 따라서 호흡의 부분이, 태어날 때부터 당신에게 속해 있던 것이라고 생각해서는 안된다. 이 모든 것은 당신이 먹은 음식이나 공기에서, 겨우 어제 아니면 그저께쯤 받아들인 것이기 때문이다.

8 당신이 선하고 겸손하며, 진실하고 합리적이며, 침착하고 도량이 큰 사람이라는 말을 들었다면, 그것에 먹칠을 하지 않도록 조심하라. 또 만약 그러한 평판을 잃었을 경우에는 지체없이 그것을 회복하도록 노력하라.

'합리적'이라는 말은 각각의 사물을 분별하는 주의력으로 경솔한 판단을 하지 않는다는 뜻이며, '침착하다'는 말은 보편적 본성이 당신에게 맡기는 여러 사물을 자진해서 받아들인다는 뜻이다. 또한 '도량이 크다'는 말은 유쾌하거나 고통스러운 육체의 움직임, 헛된 명예와 죽음 그리고 그와 같은 모든 것을 초월하여 당신의 정신이 고양되는 것을 의미함을 명심하라.

그러나 다른 사람들로부터 그런 평가를 들으려고 애쓰지 말고, 이런 평판에 어울리는 생활을 하라. 그러면 당신은 새롭게 거듭날 것이고, 새로운 삶을 맞이할 것이다.

현재의 타성으로부터 벗어나지 못하는 것은, 어리석은 자나 겁쟁이들의 생활 태도이다. 이는 마치 원형 경기장에서 맹수들에게 갈기갈기 찢겨 피투성이가 되었으면서도, 내일까지만 살려 달라고 애걸하는 투사와 같다. 그러나 그 투사는 내일도 역시 똑같은 상태로, 즉 맹수의 발톱과 이빨 아래로 던져질 뿐이다.

그러므로 앞서 말한 아름다운 평판의 길을 가라. 그리고 그러한 미덕들과 함께 머무를 수만 있다면, 마치 어떤 축복의 섬에라도 안주한 듯 그렇게 행동하라.

그러나 만일 그러한 미덕들과 함께 할 수 없다면, 그리하여 자신을 지배할 수 없다면, 서둘러 당신을 지배할 수 있는 힘을 되찾을 수 있는 당신의 내부로 돌아가든지, 아니면 분노를 품지 말고 악의 없이 자유롭고 경건하게 삶을 떠나라. 그렇게 떠난다면, 당신은 인생에 있어서 적어도 한 가지는 이룩한 셈이 되는 것이다.

9 천박한 무대극·싸움·흥분·나태·노예적 굴종이, 날마다 당신의 거룩한 원칙들을 갉아먹는다. 이러한 것들을 자연에 대한 인식에 의해 분석하지 않고 그대로 받아들인다면, 그것들은 당신

의 신성한 원칙들을 말살시킬 것이다.

당신의 의무는 여러 사물을 자세히 관찰하여 그때그때의 상황에 적절히 대처하는 것이며, 동시에 당신의 사유 능력을 충분히 발휘할 수 있는 방법으로 하나하나 실천하는 것이다.

진정한 고결함과 존엄 속에서 기쁨을 얻고 싶지 않은가? 각각의 사물에 대한 인식, 즉 그것은 본질적으로 어떠한 것이며, 우주 속에서 어떠한 위상으로 존재하고, 얼마 동안이나 존속할 것이며, 그 구성과 구조는 어떠하고, 또 누구에게 유익한 것이며, 그것을 앗아가는 자는 과연 누구인가? 당신은 이러한 문제를 파악하는 데서 기쁨을 얻고 싶지 않은가?

10 거미는 파리 한 마리를 잡아 놓고 자랑스러워한다.

마찬가지로 어떤 사람은 토끼를 잡았을 때, 어떤 사람은 작은 물고기를 잡았을 때, 어떤 사람은 멧돼지를 잡았을 때, 어떤 사람은 곰을 잡았을 때, 또 어떤 사람은 사르마티아Sarmatia[1] 사람을 잡아 놓고 자랑스러워한다.

그러나 원칙이란 문제로 깊이 파고들어 가 볼 때, 이들은 결국 강도와 다름없지 않은가?

---

[1] 다뉴브 강변에 살던 부족의 이름으로 마르쿠스는 그들과 오랜 전쟁을 치렀다.

11   우주의 일반적인 변화 과정을 관찰하고, 그것에 대하여 끊임없는 주의를 기울여라. 그리고 꾸준히 연구하라. 이성을 향상시키는 데 이보다 나은 것은 없다.

우리도 언젠가는 모든 것을 남겨 둔 채 떠나야 하고, 동료들과도 작별해야 한다는 사실을 깨닫는다면, 온 힘을 다해 남을 위한 봉사와 자연의 이성을 따르기 위해 전력투구할 수 있을 것이다.

또한 남들이 자신에 대해 무슨 말을 하고 어떤 생각을 품든 이에 신경 쓰지 않고 하루하루를 공명정대하게 살며, 운명이 할당한 자기 몫에 만족하는 삶을 살 것이다. 또한 마음을 어지럽히는 모든 것들을 뿌리치고, 오직 정정당당하게 나아감으로써 신의 뜻에 귀의하는 것 외에는 아무것도 바라지 않을 것이다.

12   당신에게는 당신이 마땅히 해야 할 일이 무엇인지 알아낼 수 있는 능력이 있다. 그런데도 당신은 왜 끊임없이 의심하고 두려워하는가?

만약 당신에게 미래를 통찰할 수 있는 능력이 있다면, 뒤돌아보지 말고 그 길을 따라가라. 만약 그렇지 않다면 걸음을 멈추고 주위에 있는 가장 훌륭한 사람들로부터 충고를 구하라. 설사 장애물이 가로막더라도, 당신의 능력에 따라 적절한 판단력을 발휘하여 정당하다고 생각되는 것을 따르도록 하라.

당신이 옳다고 믿는 그 목적을 추구하는 것이 가장 바람직하다. 만일 실패한다 하더라도 어쨌든 시도해 본 끝에 실패하도록 하라.

모든 일을 해결함에 있어 이성을 따르는 사람은, 마음이 평화로우면서도 활동적이고, 즐거우면서도 침착하다.

13 아침에 자리에서 일어나 타인의 정의로운 행동을, 만약 내가 직접 했을 경우 어떤 차이점이 있을지 스스로에게 물어보라.

남을 오만하게 칭찬하거나 비난하는 자들은, 침실이나 식탁에서도 똑같은 태도를 취한다는 사실을 기억하라.

또한 그들이 무슨 짓을 저지르는지를 상기하라. 그들이 추구하고 회피하는 것들, 그들이 저지르는 절도, 탈취 행위를 상기하라.

그들은 손이나 발로 훔치고 탈취하는 것이 아니다. 인간의 내면에 있는 신뢰 · 겸손 · 진리 · 법칙 그리고 신성함이라는 훌륭한 재산의 원천이 되는 소중한 감정으로 훔치고 빼앗는 것이다.

14 진실로 교양 있고 경건한 자는 모든 것을 베풀고, 또 그것들을 거두어들이는 신께 이렇게 외친다.

"당신의 뜻대로 베푸시고, 당신의 뜻대로 거두소서!"

물론 그는 거짓과 오만한 생각으로 말하는 것이 아니다. 오로지 신에 대한 순결한 순종과 선의의 목소리로 외치는 것이다.

15 당신에게 남아 있는 시간은 그리 많지 않다. 앞으로는 마치 산꼭대기에서 사는 것처럼 생활하라. 당신이 어느 곳에 있든 세계를 하나의 도시로 생각하고, 자신을 그곳의 시민으로 생각한다면, 어느 곳에 떨어지든 아무 상관이 없게 된다.

사람들로 하여금 자연의 이치에 순응하며 살아가는 참된 인간을 보게 하고 알게 하라. 만일 그들이 당신을 받아들이지 않는다면, 그들로 하여금 당신을 죽이게 하라. 그들처럼 사느니, 차라리 죽는 편이 더 낫기 때문이다.

16 착한 인간이 되려면 어떠해야 한다고 논쟁하는 일에 더 이상 시간을 낭비하지 말라. 다만 그러한 인간이 되도록 노력하라.

17 무한한 물질과 무한한 시간에 대하여 끊임없이 관조하라. 각각의 사물은 무한한 물질에 비하면 한 알의 모래와 같고, 존재가 머무는 시간을 무한한 시간에 비하면 나사못 한 번 돌리는 순간에 불과한 것임을 늘 기억하라.

18 존재하는 모든 사물을 주의 깊게 바라보고, 각각의 사물들은 이미 분해되고 변화해 가고 있다는 것, 즉 부패하고 분산되어 가고 있다는 사실을 이해하라. 그리하여 모든 물체는 죽기 위해 새롭게 태어나는 것임을 깨달아라.

19 먹고, 자고, 배설하고, 성행위를 하고, 휴식을 취할 때의 인간들을 생각해 보라. 그들은 대체 어떠한 인간들인가? 또한 오만불손하며, 권좌에 앉아 큰소리를 칠 때, 사람들 위에 군림하며 짓밟을 때 그들이 어떤 모습인지 살펴보라.

얼마 전까지만 해도 그들은 얼마나 많은 사람들에게 굴종했던가! 머지않아 그들은 또다시 헛된 욕망을 추구할 것이다.

20 　우주의 본질이 개개의 인간에게 가져다주는 모든 것은 그 사람을 위해 유익한 것이며, 그것을 가져다주는 그 순간 또한 유익한 것이다.

21 　대지는 하늘에서 내리는 소나기를 사랑하고, 성스러운 하늘 역시 대지를 사랑한다.[2] 그리고 우주는 존재할 모든 사물을 만드는 일을 사랑한다.

나는 우주를 향해 말한다. 당신이 사랑하는 것을 나 또한 사랑한다고!

22 　당신이 이 세상의 관습에 젖어 사는 것에 익숙해졌든, 이 세상을 멀리 떠나려고 하든, 아니면 이미 죽어 가고 있어 당신의 의무를 저버리든 그것은 당신의 자유이다.

하지만 위의 세 가지 경우 외에는 그 어떤 것도 있을 수 없다. 그러니 기운을 차리고 미소 지어라.

---

[2] 에우리피데스의 말을 인용.

23　여기 한 모퉁이의 땅은 대지의 다른 땅과 다를 바 없고, 또 여기에 있는 모든 것은 산꼭대기나 바닷가, 혹은 당신이 원하는 어떤 곳과도 마찬가지라는 것을 명심하라.

플라톤은 말했다.

"산속 양치기의 움막에서 사는 것처럼 도시의 성벽 안에서 사노라!"

24　나를 지배하는 이성은 지금 나에게 어떤 의미를 갖는가? 그리고 지금 나는 그것을 이용하여 무엇을 하고 있는가? 또 어떤 목적을 위해서 쓰고 있는가? 나를 지배하는 이성에 예지가 결여되어 있지는 않은가? 사회로부터 동떨어지고 격리되어 있지는 않는가? 보잘것없는 육체에 흡수되고 혼합되어, 육체의 의지와 욕망에 따라 움직이고 있지는 않는가?

25　주인으로부터 달아나는 노예는 도망자이다. 우리의 주인은 법칙이며, 따라서 법칙을 위반하는 자 역시 도망자이다.

만물을 지배하는 법칙, 즉 개개의 인간에게 각자 해야 할 일을 부여해 주는 법칙에 따라 일어났던 일, 일어나는 일, 앞으로 일어날 일들에 대해 탄식하거나 원망하거나 두려워하는 자 또한 도망자이다.

26 남자는 여자의 자궁 안에 생명의 씨앗을 뿌린다. 그러고 나면 다른 원동력이 그 씨앗을 맡아 아기를 만들고 완성시킨다. 사소한 시작으로부터 생겨난 이 결과는 얼마나 놀라운 것인가?

그 아이가 자라, 목으로 음식물을 넘기고 나면 또 다른 원동력이 지각과 운동으로 그것을 변형시킨다. 즉, 생명과 힘 그 밖의 필요한 것으로 변화시키는 것이다. 이 얼마나 신기한 일인가?

이렇게 신비롭게 진행되는 과정을 살펴보라. 그리고 우리가 어떤 물체를 위아래로 움직이는 힘을 식별하듯, 그곳에서 작용하는 힘을 관찰하라. 눈으로 직접 볼 수는 없다 해도, 분명한 모습을 하고 있는 숨겨진 위대한 힘을 느낄 수 있을 것이다.

27 현존하는 만물이 과거에 어떻게 똑같이 존재했었는지를, 또 미래에 있어서도 역시 똑같이 존재할 것임을 기억하라.

당신의 경험과 과거의 역사를 통해 배운 것과 비슷한, 흔하고 완벽한 연극과 무대를 음미해 보라. 예를 들어 아드리아누스의 궁

전이나, 안토니우스의 궁전, 필립과 알렉산더와 크리수스Croesus
의 궁전 전체를.

그러한 모든 것들은 지금 우리가 상상하고 있는 연극과 다르지
않으며, 다만 배우만 다를 뿐이다.

28 어떤 일로 괴로워하거나 불만을 품은 인간을 본다면, 도
살장으로 끌려가는 돼지가 발버둥치며 비명을 지르는 것과 같다
고 생각하라. 그리고 침대에 누워 자신의 운명을 한탄하는 사람
또한 돼지와 다를 바가 없다고 여겨라.

오직 이성적인 동물만이 환경과 자신에게 일어나는 일에 자진
해서 따라가는 능력을 부여받았다. 순종은 필연적으로 모든 피조
물에게 부여된 것이다.

29 당신의 행동 하나하나를 깊이 생각하고, 스스로에게 물
어보라.

'내가 죽음을 두려워하는 것은, 내가 죽으면 이 일을 할 수 없
기 때문인가?'

30 타인의 그릇된 행동에 분노를 느낄 때에는 즉시 당신 자신을 돌이켜 보고, 당신도 그런 잘못을 저지르고 있지는 않은지 생각해 보라. 또한 부와 쾌락과 명성, 그 비슷한 것들을 행복으로 생각하고 있지는 않은지 스스로를 돌아보라.

그러면 '그 사람은 어쩔 수 없이 그런 짓을 한 것이다. 그로서도 어쩔 수 없었던 일이 아닌가?' 라는 생각이 떠오를 것이고, 동시에 분노도 사라지게 될 것이다.

그리고 할 수만 있다면, 그를 억누르고 있는 것을 없애 주도록 하라.

31 소크라테스학파의 사튀론Satyron을 보면 에우튀케스Eutyches나 휘멘Hymen을 생각하고, 에우프라테스Euphrates를 볼 때는 에우튀키온Eutychion이나 실바누스Silvanus를 생각하고, 알키프론Alciphron을 볼 때는 트로패오포루스Tropaeophorus를 생각하고, 크세노폰Xenophon을 볼 때는 크리토Crito나 세베루스를 생각하고, 또한 스스로를 바라볼 때에는 이전의 황제들을 생각하라.

이처럼 어느 경우이든 그와 대응되는 사람을 생각하도록 하라. 그리고 나서 그들이 지금 모두 어떻게 되었는지를 생각하라.

그들은 지금 어디에도 없고, 아무도 그들이 있는 곳을 알지 못한다. 결국 당신은 인생의 허무함을 절실히 깨닫게 될 것이다. 아울러 일단 변화한 것은, 다시 존재하지 못하리라는 것도 알게 될 것이다.

그렇다면 그들처럼 짧은 생애를 사는 당신의 존재는 무엇인가? 당신은 어찌하여 이 짧은 삶을 질서 있게 보내는 것에 만족하지 못하는가? 당신의 활동을 위한 좋은 기회와 조건을 왜 피하려고 하는가?

튼튼한 위장이 모든 음식물을 소화시키는 것처럼, 타오르는 불길이 그 속에 던져진 모든 것을 태워 열과 환한 불꽃을 만드는 것처럼, 당신의 이성을 담금질하고 훈련시켜라.

32 누구든지 당신을 일컬어 소박하다거나 착하다거나 하는 식으로 말하지 않도록 하라. 그러한 생각을 갖는 자들로 하여금, 오히려 그 생각이 전혀 근거 없는 사실이라는 것을 깨닫게 하라.

모든 것은 오직 당신 자신에게 달려 있다. 어느 누구도 당신이 소박하고 선해지는 것을 방해하지 못한다. 또한 당신은 성실하고 착하게 살 수 없다면, 더 이상 살 필요가 없다고 생각해야 한다. 그때가 되면 심지어 이성조차도 더 이상 당신의 생을 필요로 하지 않게 될 것이다.

33 당신의 재량에 따라 행했던 일 중에서 가장 훌륭한 말과 행동은 무엇인가? 그것이 무엇이든, 당신은 그 말과 행동을 행할 능력을 지니고 있다. 당신이 의무를 다하고 있음을 보여야 한다. 어떤 일이든 당신에게 닥친 일은 모두 인간의 본성에 따라 처리하라. 그리고 그것을 쾌락을 추구하는 자가 사치를 탐내는 것처럼, 당연한 일이라고 생각하라. 그렇게 생각되기 전까지는 당신이 해놓은 일에 대한 불평이 그치지 않을 것이다. 왜냐하면 자신의 본성에 일치하는 모든 행위는 쾌락의 한 형태로 간주되어야 하기 때문이다. 그렇게 되면 당신은 언제 어디에서라도 그런 태도로 행동할 수 있을 것이다.

둥근 돌이라도, 항상 마음대로 굴러다닐 힘을 지니고 있는 것은 아니다. 물이나 불 따위의 이성이 없는 본성이나 영혼에 의해 지배되고 있는 모든 사물들에게도 그러한 능력은 부여되지 않았다. 왜냐하면 그런 사물들을 방해하는 장애물이 너무도 많기 때문이다. 그러나 이성과 정신은 본성에 따라 원하는 대로 모든 장애물을 돌파할 수 있다.

불이 위로 치솟고, 돌멩이가 아래로 떨어지고, 수레바퀴가 비탈길을 굴러내리듯이, 이성은 모든 장애물을 쉽게 뛰어넘는다는 것을 생각하라. 그리고 거기에 만족하고 더 이상 아무것도 바라지 말라. 모든 장애물들은 시체나 마찬가지인 육체 혹은 생각 속에만 머물러 있으므로, 이성 자체가 항복하기 전까지는 아무런 타격도 입힐 수 없다.

만일 이러한 장애물이 당신의 이성에 해를 입힌다면, 실제로 당신의 주체에 미치는 영향은 매우 엄청날 것이다.

34 이성으로 무장한 사람은 간단한 교훈으로도 슬픔이나 두려움이 얼마나 나쁜 것인지를 잘 알고 있다. 호메로스가 "나뭇잎들이 바람에 날려 땅바닥에 흩어지듯, 인간이란 종족도 허무하게 흩어지도다"[3] 라고 말한 것처럼, 당신의 자식들, 호들갑 떨며 칭찬하는 당신의 친구들, 몰래 저주하며 비난하는 사람들 또한 나뭇잎에 지나지 않는다. 또 어떤 사람의 명성을 후세에 전하는 사람 역시 나뭇잎에 불과하다.

그들은 모두 봄철에 생겨난 잎으로, 바람이 휘몰아쳐 그 이파리들을 떨어뜨려도 나뭇가지에서는 다시 새로운 잎이 돋아난다.

이처럼 짧은 삶은, 만물에 공통된 요소이다. 그런데도 당신은 그런 것들이 마치 영원하기라도 한 듯 피하거나, 혹은 애써 추구하려고 한다.

머지않아 당신에게 주어진 시간이 끝나면 당신의 눈도 감길 것이다. 그리고 당신을 무덤으로 안내하는 사람들조차도, 얼마 못 가서 또 다른 사람들의 슬픔의 대상이 될 것이다.

---

[3] 『일리아드』에서 인용.

35 건강한 눈이라면 눈에 보이는 모든 것을 볼 수 있어야 한다. 단지 푸른빛만 보고자 한다면 그것은 이미 병든 눈이다.

건강한 청각과 후각은, 소리와 냄새를 지닌 모든 것을 지각할 수 있어야 한다. 또 건강한 위장은 맷돌이 모든 것을 갈아 내듯이 모든 음식물을 소화시킬 수 있어야 한다. 이와 마찬가지로 건강한 정신은, 주변에서 일어나는 모든 일들을 기꺼이 받아들여야 하고, '내 아이만은 지켜 주소서'라든가, '내가 하는 모든 일을 다른 사람들이 칭찬하게 하소서'라고 말해서도 안 된다.

그런 말을 하는 사람의 정신은 푸른빛만 찾는 눈이나, 씹기 편한 음식물만 찾는 이齒와 다를 바가 없다.

36 누군가가 죽어 가는 순간, 그 자리에 그의 죽음을 기뻐하는 사람이 없다면 그것만으로도 큰 축복이 아닐 수 없다. 그가 아무리 선량하고 현명한 사람이었다 할지라도 마음속으로, '우리는 마침내 스승으로부터 벗어나 마음을 놓을 수 있게 되었다'라고 생각하며 기뻐할 사람이 한 사람도 없겠는가?

그렇다면 우리들의 경우는 어떠한가? 얼마나 많은 사람들이 우리가 하루 빨리 사라지기를 바라며, 또 우리 자신에게는 그럴 만한 이유가 얼마나 많겠는가?

이렇게 생각하라.

'내가 그토록 기도하고 배려했던 친구들조차도, 내가 죽으면 작은 이득이라도 생기지 않을까 해서 어서 죽기를 바라는 이런 세상을 나는 떠나게 되었다. 도대체 나는 무엇 때문에 이런 세상에 그토록 집착했단 말인가?

그렇게 생각하면 당신은 보다 편안한 마음으로 세상을 떠날 수 있을 것이다.

그렇다고 해서 친구들에게 매정한 태도를 보이며 떠나가서는 안 된다. 이전의 우정과 선의를 간직한 당신의 성품을 잃지 않도록 하라.

쫓겨난 듯한 인상을 주어서도 안 된다. 조용한 임종을 맞는 사람의 가련한 영혼이 쉽게 육신과 분리되듯이, 그렇게 떠나야 한다. 절대 그들과의 작별을 고통으로 여기지 말라.

'나는 가까운 사람들로부터 격리되고 있다. 그러나 저항하며 강제로 끌려가는 것은 아니다.'

당신을 그들과 결합시키고 인연을 맺어 놓은 것은 자연의 본성이다. 그런데 자연이 이제 그 인연을 끊으려고 한다. 이때 아무런 불만이나 저항 없이, 가족들과 헤어져 그저 먼 길을 떠나듯이 그렇게 떠나간다면, 이 또한 자연의 본성을 따르는 길일 것이다.

37 타인의 행위 하나하나에 대하여, '그가 이런 행동을 하는

까닭은 무엇인가? 하고 자문하는 습관을 갖도록 하라.

그러나 무엇보다도 먼저 이 질문을 당신 자신에게 던져라.

38 당신을 조종하는 것은, 당신의 내면 깊은 곳에 숨어 있는 힘이라는 것을 기억하라. 그것은 설득하는 말의 근원이자, 생명이며 바로 인간 그 자체이다.

그러나 그것을 포용하고 있는 그릇인 육체나, 육체에 붙어 있는 다른 기관들은 도끼와 같은 도구일 뿐이다. 다른 점이 있다면 단지 육체에 붙어 있다는 것뿐이다.

만일 이러한 기관들을 움직이고 멈추게 하는 작용이 없다면, 이것들은 마치 베짜는 사람이 없는 직조기의 북이나 작가가 없는 펜, 마부가 없는 채찍처럼 아무 쓸모가 없는 것이다.

영혼에 대하여

제11장

영혼이 외부의 어떤 사물을 향해 뻗어 나가거나 위축되지 않으며, 흩어지거나 침전되지 않고, 자기 자신의 내부는 물론 모든 사물의 참모습을 비춰 주는 빛 속에 있다면, 그 영혼은 자기 본연의 형태인 완전한 모습을 유지할 것이다.

1 이성적 영혼은, 자기 자신을 응시하고 분석하며 원하는 대로 만든다. 또한 식물이 맺는 열매나 동물들에 의해 획득되어지는 것이 다른 존재들에 의해 향유되는 반면, 자신이 맺는 결실을 직접 즐긴다.

이성적 영혼은 한정된 삶에 이르더라도 항상 자신의 일을 완수한다. 무용이나 연극의 경우, 갑작스런 중단은 그 공연 전체를 불완전한 것으로 만들어 버리지만, 이성적 영혼은 죽음에 의해 중단되더라도 계획된 이성적 영혼의 일만은 완전히 이루어진다. 따라서 이성적 영혼은 "나는 내 자신의 것을 완전히 지배하고 있다"라고 말할 수 있는 것이다.

더구나 이성적 영혼은 우주 전체를 마음대로 왕래하며, 그 구조와 그것을 둘러싼 공간을 고찰하고, 더 나아가 무한한 시간 속으로 만물의 주기적 재생을 파악하고 이해할 수 있다.

그러므로 이성적 영혼은, 후손들도 지금보다 더 새로운 것은 보지 못할 거라는 것과 선조들 역시 오늘날 우리가 보고 있는 것 이외의 다른 것은 보지 못했다는 것을 알고 있다. 그래서 이해력이 있는 인간의 경우, 나이 마흔이 되면 과거와 미래의 모든 것을 보게 되는 셈이 된다. 왜냐하면 그것들은 현재의 것들과 모두 똑같기 때문이다.

또한 이웃에 대한 사랑·진실·겸손 그리고 자신을 존중하는 것 역시 이성적 영혼의 특성이다. 그중 무엇보다도 자기 자신을 존중하는 것이 중요한데, 이런 점에서 이성의 원칙과 정의의 원칙은 동일하다고 말할 수 있다.

2 어떤 곡의 선율을 낱개의 음으로 분리해 놓고 '이것이 과연 나를 매혹시킬 수 있는가?' 라고 자문해 보라. 아마 쉽게 자신하지 못할 것이다.

무용도 개개의 동작과 자세를 분리시켜 놓으면 역시 마찬가지 이다. 물론 운동 경기에 있어서도 똑같다.

우리가 항상 잊지 말아야 할 것은, 미덕과 그것의 속성들에 관한 경우를 제외하고는, 모든 일에 있어서 개별적인 부분으로 직접 파고들어 가는 것이다. 이렇게 분리해 봄으로써 그것들에 대한 맹목적인 탐닉으로부터 벗어날 수 있는 것이다.

이제 당신이 해야 할 일은, 당신의 온 생애에 그것을 적용시켜 보는 것이다.

3 어느 순간 육체로부터 떨어져 나가지 않으면 안 된다 할지라도, 그것을 받아들일 준비가 항상 되어 있고, 또 소멸하거나 흩어지거나 혹은 계속해서 존재하건 간에 기꺼이 그 상황을 받아들일 각오가 되어 있는 사람은 행복하다.

그러나 이러한 각오는 어디까지나 그 자신의 결심에서 나온 것이고, 신중하고 품위 있는 이성적 판단으로부터 나오는 것이다.

그것이 다른 사람에 대한 설득력을 갖기 위해서는, 비극적인 과장 없이 스스로 도달한 결정의 산물이어야 한다.

4 내가 인류의 이익을 위해서 한 일이 있는가? 만약 무언가를 했다면 나는 이미 보상을 받은 것이다. 이 점을 항상 염두에 두고 선행을 멈추지 말라.

5 당신이 지닌 재능은 무엇인가? 그것은 선량해지는 것이다. 그런데 우주의 본질이나 인간의 독특한 성품에 대한 보편적 원리를 무시한다면 어떻게 선한 사람이 될 수 있겠는가?

6 초기의 연극은 비극의 형태를 갖추고 있었는데, 비극은 세상에 일어나는 일들을 사람들에게 상기시키는 수단으로써 무대에서 상영되었다. 이러한 사건은 자연적이며 필연적으로 일어나는

일이며, 따라서 무대에서 볼 때는 재미있던 그 일이 인생이라는 보다 넓은 무대에서 실제로 일어난다 할지라도, 고통스러워해서는 안 된다는 것을 주의시키기 위한 것이었다.

모든 일은 반드시 그런 결말을 맺을 수밖에 없었고, 또 "오, 키타이론이여!"[1] 라고 절규하는 사람들까지도 그것들을 참고 견뎌 냈다. 그리고 비극을 쓰는 사람들의 글에서는 삶에 도움이 될 만한 말이 나오는데, 예를 들면 다음과 같은 말들이 있다.

"만일 신들이 나와 내 두 아들을 버리신다면, 거기에는 분명히 그럴 만한 이유가 있을 것이다."[2]

"당신에게 무슨 일이 일어나든지 결코 화내지 말라"[3]

"잘 익은 벼 이삭처럼 삶의 결실을 거두어라."[4]

비극 이후에는 희극이 뒤를 이었다. 고대 희극은 거침없는 표현을 행사했는데, 그 노골적인 솔직함으로 인한 긍지를 지키기 위해서는 쏟아지는 비난을 견뎌 내야 했다. 디오게네스가 이 방법을 택한 것도 바로 이와 같은 이유에서일 것이다.

그러나 그후에 생겨난 중세 희극과 근대 희극이 추구했던 목표를 살펴보라. 근대 희극은 사실 단순한 광대극의 기교로 타락해 버리지 않았는가?

---

1) 소포클레스Sophocles의 『오이디푸스 왕Oedipus Rex』에서 인용. 오이디푸스 왕은 자신이 저지른 죄를 깨닫고 자신의 눈알을 뽑으며 "오 키타이론이여! 너는 왜 나를 숨겨 주었는가? 왜 그때 나를 풀어 주었는가"라고 울부짖었다. 그가 울부짖던 곳이 바로 키타이론의 산자락이었으며 이 산은 그가 태어나 버려졌던 곳이다.

2)3)4) 실제로 네 명의 아이들을 잃었던 마르쿠스가 인용한 사구들로 그에게 어떤 특별한 장소를 생각나게 하는 것으로 보인다.

분명 후기 작가들도 훌륭하다고 할 만한 몇몇 작품을 남겼다. 그러나 그들이 시와 연극을 통해 말하려는 의도와 목적은 무엇인가?

7 철학을 실천하기에, 지금 당신이 처해 있는 상황보다 더 좋은 환경은 없다.

8 잘려 나간 나뭇가지는 필연적으로 그 나무에서 이탈되는 것이다. 마찬가지로 사람도 다른 사람으로부터 떨어져 나가면 사회 전체로부터 격리되고 만다.

그러나 나뭇가지는 어디까지나 외부의 힘에 의해 잘리는 것이지만, 인간은 자신의 증오나 혐오감으로 인해 이웃으로부터의 소외를 자초하는 것이다. 그래서 스스로 사회 전체로부터 떨어져 나간다는 사실을 알지 못한다.

그러나 인간은 신으로부터, 다시 이웃과 하나가 되어 전체를 완전한 것으로 만들 수 있는 능력을 부여받았다. 그러나 이러한 분리가 자주 발생하면, 다시 결합하여 이전의 상태로 복구되기가 무척 힘들어진다.

처음부터 나무와 함께 성장하고 나무와 함께 살아온 나뭇가지는, 떨어져 나갔다가 다시 접붙인 가지와는 전혀 다르다. 하물며 사람의 마음이 나무처럼 항상 같을 수 있겠는가?

9 올바른 이성의 길을 추구할 때 그 길을 가로막는 사람들이 있다. 그러나 그들은 당신의 올바른 행동으로부터 당신을 몰아내지 못한다. 또한 당신은 그들에 대한 자비로운 감정을 버리지 말아야 한다. 확고한 판단과 행동에 있어서뿐만 아니라, 당신을 방해하거나 괴롭히려는 사람들에게도 계속해서 온화한 태도를 잃지 않도록 주의하라.

당신의 목표로부터 벗어나는 것, 두려움 때문에 굴복하는 것 그리고 그들에게 분노를 표시하는 것은 모두 정신의 나약함 때문이다. 두려움 때문에 자기 자리에서 일탈하는 사람, 항상 자기 이웃과 친구를 멀리하는 사람은 결국 도망자일 뿐이다.

10 모든 예술은 사물의 본질을 모방하기 때문에 예술보다 열등한 자연이란 있을 수 없다. 모든 본성을 포괄하는 자연은 완벽한 것이며, 어떤 예술가의 기술이나 재능과도 비교될 수 없다.

조악한 작품을 만들어 내는 것도, 사실 보다 우월한 작품을 만들어 내기 위한 과정일 뿐이다.

이것은 자연의 경우에도 마찬가지이다. 따라서 우리는 여기에서 정의의 근원을 찾을 수 있다. 왜냐하면 다른 모든 미덕은 이 정의를 토대로 존재하기 때문이다.

만일 우리가 무가치한 대상에 골몰하며, 편견에 사로잡힌 어리석은 상태로 만족해한다면, 우리는 결코 참된 정의를 성취할 수 없을 것이다.

11 당신을 괴롭히는 외부의 사물들은, 당신이 추구하거나 회피함으로써 다가오는 것이 아니라, 당신 자신이 그것들에게 다가가는 것임을 기억하라.

먼저 그 대상들에 대한 섣부른 판단은 그만두어라. 그러면 그것들도 조용히 그대로 머물러 있을 것이고, 결국 당신은 그것들을 추구하거나 회피하지 않게 될 것이다.

12 영혼이 외부의 어떤 사물을 향해 뻗어 나가거나 위축되지 않으며, 흩어지거나 침전되지 않고, 자기 자신의 내부는 물론 모든 사물의 참모습을 비춰 주는 빛 속에 있다면, 그 영혼은 자신의

본연의 형태인 완전한 모습을 유지할 것이다.

13 어떤 사람이 당신을 경멸하는가? 그것은 당신이 상관할 일이 아니다. 당신이 할 일은, 다른 사람들로부터 경멸을 당할 만한 말이나 행동을 하지 않도록 항상 경계하는 것뿐이다.

누군가가 당신을 미워하는가? 그것은 그에게 맡겨 두라. 당신은 단지 모든 사람들에게 친절하고 너그럽게 대하며, 당신을 미워하는 사람에게 잘못된 점을 가르쳐 주면 된다.

14 인간들은 서로 경멸하면서도 서로에게 아부한다. 서로 상대방 위에 군림하기를 원하면서도 그 상대 앞에서는 굽실거리며 무릎을 꿇는 것이다.

15 당신을 공정한 태도로 대하겠다고 말하는 사람은, 실제로 얼마나 불건전하고 불성실한가? 이 얼마나 쓸데없는 말인가?

그런 말은 미리 할 필요가 없다. 행동함으로써 즉시 명백해지기 때문이다. 그런 말은 이마 위에 그대로 나타나기 마련이다. 마치 연인들이 서로의 눈동자만 봐도 모든 것을 알아채듯, 마음 상태가 눈에 그대로 나타나는 것은 인간의 특성이다.

정직하고 선한 사람은, 강한 냄새를 풍기기 때문에 곁으로 가는 사람은 좋든 싫든 그 냄새를 맡게 된다. 반대로 소박한 체하는 것은 정직하지 못하다는 것을 그대로 드러내는 것이 된다. 거짓된 우정보다 가증스러운 것은 없으므로 이것은 가장 먼저 피해야 하는 것이다. 착하고, 소박하고, 선한 의도를 가진 사람은 모든 것이 눈에 나타난다. 따라서 그것은 누구의 눈에도 쉽게 판별되기 마련이다.

16 당신이 가장 훌륭한 방법으로 살고자 한다면, 당신의 영혼이 선이나 악에 관계 없이 모든 사물에 대해 무관심할 수 있으면 된다. 그러기 위해서는 사물의 본성을 잘 식별하고, 그것들은 우리의 마음속에 어떠한 생각도 형성할 수 없으며, 우리에게 들어올 수도 없다는 것을 기억해야 한다. 또한 사물은 단지 부동의 상태에만 머물러 있을 뿐, 사물에 대한 판단을 하는 것은 우리 자신이고, 그것들을 마음속에 기록해 두는 것도, 기록하지 않는 것도 우리의 능력임을 명심하라.

17 만물은 어디에서 비롯되었으며, 무엇으로 구성되어 있고, 어떻게 변화하며, 또 무엇이 되는지를 깊이 생각해 보라. 하지만 그런 변화는 어떤 악의도 끼치지 않는다는 것을 명심하라.

18 당신이 누군가로 인해 화가 난다면 이렇게 생각하라.

첫째, 이 사람과 나는 어떤 관계에 놓여 있는가?

우리는 모두 서로를 위해, 마치 양 떼를 보호하는 어미 양처럼, 소 떼를 보호하는 수소처럼, 그렇게 사람들을 보호하기 위해 태어났다는 것을 기억하라. 또 다른 관점에서 양 떼는 어미 양이 감독하고, 소 떼는 수소가 감독하듯, 나는 그들을 감독해야 한다는 것을 기억하라. 또한 이렇게 생각하라. 만일 세계가 단순한 원자들의 집합이 아니라면, 세계는 자연에 의해 지배되고 있음이 분명하고, 낮은 존재들은 보다 높은 존재들을 위해 존재하며, 높은 존재들은 서로를 위해 존재하는 것이다.

둘째, 그들이 식사할 때, 잠자리에 들었을 때 그리고 그 밖의 경우에 어떤 종류의 인간인가를 생각하라. 특히 그러한 행위를 하는 그들의 사고방식은 어떤 종류의 것인지, 또 어떤 자부심을 갖고 있는지 생각하라.

셋째, 만일 사람들이 올바르게 행동한다면, 당연히 그것을 불쾌하게 생각해서는 안 된다. 그러나 그들의 행동이 올바르지 않다면, 그것은 분명 본의가 아니라 무지 때문에 저지르는 것이 분명하다. 그것은 어떤 사람도 고의로 진실을 거스르지 않듯, 그에게 부여된 또 다른 대우를 거절할 사람은 없기 때문이다.

넷째, 당신 역시 많은 잘못을 저지르는 다른 사람과 같은 인간이라는 점을 생각하라. 설사 당신이 오류를 범하지 않더라도 그것은 두려움 때문이거나 명예를 생각해서, 또는 그와 비슷한 다른 이유 때문일 것이다. 따라서 당신도 항상 오류를 범할 여지를 지니고 있는 것이다.

다섯째, 대부분의 일들이 반드시 어떤 환경과 관련되어 발생하는 것이므로, 당신은 그들이 정말 잘못을 저질렀는지 그렇지 않은지를 제대로 판단할 수 없다는 사실을 상기하라. 요컨대 인간이 다른 사람의 행동에 대해서 정확하게 판단하기 위해서는 많은 것을 배우지 않으면 안 된다.

여섯째, 굉장히 화가 났거나 괴로울 때에는 인간의 생명은 한 순간이며, 머지않아 모든 사람이 죽어 땅에 묻히리라는 점을 생각하라.

일곱째, 우리를 괴롭히는 것은 다른 사람들의 행동이 아니다. 그러한 행동은 인간의 이성에 근거하는 것이므로, 우리를 괴롭히는 것은 행위에 대한 스스로의 생각이라는 사실을 명심하라. 왜냐하면 그들의 행위는 그들을 지배하는 이성이 관여해야 할 일이기 때문이다. 그들의 행위에 대한 당신의 생각과, 그것이 악한 것이라는 당신의 판단을 없애 버려라. 그러면 당신의 분노는 사라질 것이다.

여덟째, 당신을 화나게 하고 괴롭히는 그들의 행위보다도, 그 행위에 대한 당신의 분노와 괴로움이 더 많은 고통을 안겨 준다는 것을 상기하라.

아홉째, 악의나 위선적인 것이 아닌 순수한 의도일 경우, 친절은 다른 어떤 것보다도 강하다. 아무리 무례한 자라 할지라도 항상 친절하게 대하고, 기회가 있을 때마다 온화한 말투로 충고해 주고, 그의 잘못된 말과 행동을 바로잡아 준다면 그도 어쩔 수 없을 것이다. 이때 냉소나 비난하는 태도를 취해서는 안 되며, 원망이 없는 다정한 태도로 일깨워야 한다. 일방적인 훈계 역시 곤란하며, 타인의 칭찬을 받을 목적이어서도 안 된다. 설령 주위에 다른 사람이 있다 하더라도 오직 그 사람만을 위해 이야기해야 한다.

이 아홉 가지 교훈을 마치 뮤즈Muses로부터 받은 선물처럼 마음속에 고이 간직하라. 그리고 살아 있는 동안 인간답게 되고자 노력하라. 사람들에 대해 쉽게 분노하지 않도록 조심하며, 당신에 대한 사람들의 아첨 역시 항상 경계해야 한다. 이 모두는 반사회적이며, 화를 불러들이는 것이기 때문이다.

화가 치민다고 해서 격한 감정을 그대로 드러내는 것은 남자다운 행동이 아니다. 부드럽고 평온한 감정을 지니는 것이 훨씬 더 인간답고 남자다운 태도라는 것을 명심하라. 강함과 용기와 남자다움을 증명하는 것은, 화를 내거나 불만을 품고 있는 것이 아니라, 항상 온화함을 잃지 않는 것이라는 사실을 기억하라. 성품이

침착할수록 그만큼 강한 것이다. 슬픔이 연약함을 나타내는 것처럼, 화를 내는 것 또한 자신의 연약함을 드러내는 것이 된다. 슬퍼하는 것과 화를 내는 것은 상처를 입었음을, 그리하여 그 상처 앞에 무릎 꿇었음을 나타내는 것이다.

19 당신이 끊임없이 경계해야 할 일, 즉 당신의 영혼이 저지를 수 있는 네 가지 오류가 있다. 그러한 행위를 발견했을 때에는 즉시 고치고, 이렇게 말하라.

"이것은 쓸데없는 생각이다."

"이것은 우정에 상처를 입히는 행위이다."

"이것은 참된 내 자아의 목소리가 아니다."

인간이 자신의 참된 감정을 말하지 않는 것은 무엇보다도 가장 비합리적인 일이라는 것을 기억하라. 네 번째로 스스로를 자책하고 싶을 때는 이렇게 말하라.

"이것은 나의 내면의 신성한 요소가 천한 생각으로 인해 육신에게 압도되고 굴복했다는 증거로구나."

20 당신의 몸을 구성하는 기체와, 불을 구성하는 분자들은

본질적으로 위로 올라가려는 성질을 갖고 있다. 그러나 이들은 우주의 전체적인 배치에 순응하면서 육신 속에 갇혀 있다. 또한 당신의 체내에 있는 흙이나 물 역시 아래로 향하는 성향이 있음에도 위로 올라가 본래의 성질에 맞지 않는 자리에 있는 것이다.

이와 같이 여러 원소들은 우주의 보편적 원리에 순종하고 있다. 이 원소들은 일단 어떤 위치에 고정되면, 보편적 원리가 다시 분해하라는 신호를 보내올 때까지 그 자리를 지킨다.

그렇다면 오로지 당신의 이성적인 부분만이, 보편적 원리에 반항하고 자신의 위치에 불만을 느낀다면 이상한 일이 아닌가? 더구나 당신의 이성적인 부분에는 어떠한 강제성도 없고 자신에게 맞는 일만 일어난다. 그런데도 유독 이 부문만 순종하지 않고 반대 방향으로 나아가고 있는 것이다. 불의·방탕·분노·슬픔·공포 등을 향한 행위란 자연의 본성으로부터 이탈하는 행위가 아닌가?

세상에 일어나는 일에 불만을 느낀다면 그 순간 역시 이성의 본분을 저버리는 것이다. 정의를 위해서만이 아니라, 신들에 대한 신앙과 존경심을 위해 마련된 것이기 때문이다. 이러한 요소들은 사물의 본성에 대한 총체적인 만족을 충족시키는 것이며, 사실상 정의로운 행동보다도 더 중요한 것이다.

21 만일 어떤 사람의 삶에 하나의 일관된 목적이 없다면, 그

삶 역시 통일된 일관성을 지니지 못한다.

22 이솝우화에서 시골 쥐가 서울 쥐를 만난 이야기를 떠올려 보라.[5] 그리고 시골 쥐가 느낀 당혹스러움에 대해 생각해 보라.

23 소크라테스는 대중의 의견을 '보기스bogies' 라고 불렀는데, 그것은 아이들을 놀라게 하는 괴물, 즉 '도깨비' 라는 뜻이다.

24 라케다이몬Lacedaemon 사람들은 공개적인 구경거리가 있을 때, 외지인들은 천막의 그늘에 앉게 하고 자기들은 아무 곳에나 앉았다.

---

[5] 여기서 마르쿠스는 철학자들에게 자신의 조용한 영혼을 세상의 혼란과 바꾸지 말라고 경고하고 있다.

25 소크라테스는 페르디카스Perdiccas왕의 초대를 거절했는데, 그 이유는 "나는 최악의 치욕적인 죽음은 맞이하고 싶지 않다"라는 이유에서였다.

이 말에는 '받은 은혜에 보답하지 못할 바에는 처음부터 그 은혜를 입지 않겠다' 라는 뜻이 포함된 것이다.

26 에페수스Ephesus인들의 기록에는, 덕망 있는 선인의 삶을 귀감으로 삼아 항상 기억하라는 교훈이 있다.

27 피타고라스학파는, 우주의 천체들이 얼마나 변함없이, 정확하게 주어진 일을 해내는지를 스스로에게 상기시키곤 했다.

또한 그들은 천체들의 순결함과 질서, 단순함을 상기하기 위해서 아침마다 하늘을 살펴보아야 한다고 주장했다.

28 아내 크산티페Xanthippe가 옷을 갖고 가 버리자 양가죽을 몸에 걸쳤다는 소크라테스는 과연 어떤 인물이었는지 생각하라.

또한 친구들이 그의 옷차림을 보고 당황하며 물러났을 때, 그가 친구들에게 어떤 말을 했는지 생각해 보라.

29 먼저 당신 스스로 읽고 쓰는 규칙에 익숙해지기 전까지는, 그 규칙을 다른 사람들에게 권유할 수 없다. 이것은 인생에 있어서도 마찬가지이다.

30 "당신은 노예로 태어났다. 거기에 이유는 없다."[6]

31 "그리고 나는 속으로 웃었다."[7]

32 "그들은 덕을 저주하고 욕설을 퍼부을 것이다."[8]

---

6) 출처가 분명치 않음.
7) 호메로스의 『오디세이』 4장 413행에서 인용.

33 "겨울에 무화과 열매를 찾는 것은 정신 나간 짓이다. 더 이상 원해서는 안 될 나이에 아이를 얻으려는 자 역시 마찬가지이다."[9]

34 에픽테토스가 말했다.

"자기 아이에게 입 맞출 때에는 마음속으로 '어쩌면 너는 내일 죽을지도 모른다'라고 생각하라."

물론 이것은 불길한 말이다.

에픽테토스가 말했다.

"그것은 조금도 불길한 말이 아니다. 그저 자연의 한 행위를 의미했을 뿐이다. 그렇다면 익은 옥수수를 수확한다는 말도 불길한 말이 되겠군."

35 "익지 않은 포도, 무르익은 포도, 말라빠진 포도 — 이러한 과정들은 모두 변화이다. 그러나 그것은 무를 향한 변화가 아니라, 아직 존재하지 않는 무엇에로의 변화이다."[10]

8) 헤시오도스의 『노동과 나날들』에서 인용.
9) 10) 에픽테토스의 〈인생 강의〉에서 인용.

36 에픽테토스가 말했다.

"당신의 자유로운 의지를 강탈할 사람은 아무도 없다."

37 에픽테토스는 "인간은 동의를 표명하는 어떤 적절한 방법을 찾아야 한다"라고 말했다.

우리는 우리의 충동이 항상 적당한 제약 아래 있도록 해야 하고, 그것이 공공의 이익을 위해 기울여지도록 노력해야 하며, 또한 그 대상물의 가치에 어울리도록 주의해야 한다.

38 에픽테토스는 말했다.

"그 토론은 어떤 평범한 일에 대해서가 아니라, 미쳤는지 그렇지 않은지에 대한 것이다."

39 소크라테스는 자주 묻곤 했다.

"당신은 무엇을 원하는가? 이성적 인간의 영혼인가, 아니면 비이성적 인간의 영혼인가?"

"이성적 인간의 영혼이다."

"이성적 인간 중에 어떤 이성적 인간을 말하는가? 건전한 인간인가, 아니면 불건전한 인간인가?"

"물론 건전한 인간이다."

"그렇다면 어째서 당신은 그러한 인간이 되려고 하지 않는가?"

"우리는 이미 그러한 인간이기 때문이다."

"그렇다면 왜 당신은 여전히 싸우고 말다툼을 하는가?"

올바른 삶에 대하여

제12장

나의 육안으로는 신들을 볼 수 없으며, 나의 영혼 역시 본 적이 없다. 하지만 나는 나의 영혼을 존중한다. 신들도 마찬가지이다. 나는 끊임없이 그들의 권능을 체험하고 있으며, 이를 통해 그들의 존재를 인식하고 그들을 섬긴다.

1 만일 당신이 스스로 거부하지만 않는다면, 지금까지 당신이 얻고자 했던 모든 것들이 당신의 소유가 될 수도 있다. 과거에 대한 모든 생각은 떨쳐 버리고, 미래는 신의 섭리에 맡긴 채, 바로 지금 정의의 길로 나아가면 되는 것이다. 자연은 당신을 위해서 운명을 생성했고, 운명을 위해 당신을 창조했다. 따라서 당신은 주어진 운명에 순응함으로써 성스러워지는 것이다.

그리고 정의에 순응한다는 것은, 모든 일을 어떠한 거짓 없이 언제나 진실되게 행동하며, 법칙을 존중하고, 각각의 가치에 입각하여 행한다는 것이다. 다른 사람의 말과 생각과 사악함에 구애받지 않도록 하라. 그리고 당신을 둘러싼 육체의 감각에 의지하지 말라. 육체가 느끼는 감각은 육체의 일로 그냥 내버려 두라. 당신의 생을 마감해야 할 순간이 가까워지고 있다.

만일 당신이 다른 모든 것들을 경시하고, 오직 당신을 지배하는 이성과 내면의 신성만을 존중하며, 삶이 멈추는 것을 두려워하지 않고, 자연에 따른 삶을 살지 못하는 것을 반성한다면, 당신은 당신을 창조한 우주에 어울리는 인간이 될 것이다. 또한 일상에서 일어나는 뜻밖의 일들로 인해 놀라거나, 하찮은 문제들에 얽매이지도 않게 될 것이다.

2 신은 인간의 물질적인 외형이나 불순한 요소들을 제거한 후

인간의 내면에 있는 이성을 바라본다. 왜냐하면 신의 이성적 부분과 접촉할 수 있는 것은, 자신으로부터 유출되어 인간의 육체로 흘러들어 간 인간의 이성밖에 없기 때문이다.

만일 당신도 신처럼 이성만을 사용한다면, 지금 당신을 둘러싼 수많은 걱정거리로부터 벗어날 수 있다. 자신을 감싼 육신을 대수롭지 않게 여기는 사람이라면 의복이나 집, 명예 따위의 허식에는 더 이상 신경 쓰지 않을 것이기 때문이다.

3 당신은 육체와 호흡 그리고 이성이라는 세 가지 요소로 구성되어 있다. 이때 육체와 호흡은 사는 동안 당신이 돌봐야 한다는 의미에서 당신의 소유가 되지만, 이성은 본래부터 당신의 소유물이다.

따라서 당신이 과거에 행하고 말했던 모든 것, 미래에 대한 모든 걱정 그리고 육체의 동반자인 숨결과 외부 환경의 소용돌이 속에서 회오리치는 모든 것들을 당신의 본원적 자신의 능력으로 제거시켜야 한다.

그러면 당신이 지닌 순결하고 초탈한 이성의 힘이, 스스로 독립된 삶을 이끌어 나가고, 정당하게 행동하고, 그것에 주어진 여건에 순응하며 진실을 말하게 될 것이다. 만일 당신이, 감각적 인상을 받았던 과거의 사물이나 앞으로 다가올 사물로부터 자신을 분리시키고, 엠페도클레스의 말처럼 '자체의 원형圓型을 즐기는 완전한 구체'가 되도록 자신을 수련하며, 오직 지금 있는 그대로의 삶을 위해 힘쓴다면, 당신은 죽는 날까지 모든 번뇌로부터 해방될 수 있다. 또한 당신의 내면에 존재하는 신성에 순종하며 살아가게 될 것이다.

4 어느 누구보다 자기 자신을 사랑하면서도, 정작 자기 자신을 평가하는 데 있어서는 자신의 생각보다 남의 생각을 더 중히 여기는 이유는 무엇일까?

만일 어떤 신이나 현명한 스승이 나타나 "마음속에 떠오르자마자, 곧바로 밖으로 나타낼 수 없는 일은 생각도 하지 말고 계획하지도 말라"라고 단호히 명령한다면, 우리는 단 하루도 견디지 못할 것이다. 하지만 우리는 어리석게도 남들의 생각을, 우리 자신보다 더 존중하는 것이다.

5 만물을 만든 전지전능한 신들, 인간에 대해 그토록 애정을 갖고 있는 신들이 어째서 이 한 가지만은 간과한 것일까? 즉, 선량한 사람들, 경건한 행위와 많은 신성한 의식들을 통해 신성과

가까워진 그들 역시 죽고 나면, 다시 태어나지 못하고 완전히 소멸되어 버린다는 사실을 말이다.

하지만 만일 신에게 다른 방도가 있었다면 틀림없이 그 방법을 취했을 것이라는 사실을 알아야 한다. 그것이 올바른 일이었다면 그렇게 되었을 것이며, 그것이 자연에 합치되는 일이었다면 반드시 실현시켰을 것이다.

그러나 그것이 올바른 것이 아니고, 자연에 순응하는 것도 아니기 때문에 그렇게 되지 않았다면, 당신은 초점이 빗나간 문제를 두고 신에게 항변해서는 안 된다. 당신은 아무리 선한 사람일지라도 완전히 소멸해 버리는 것은 결코 피할 수 없다는 것을 알아야 한다.

신들이 선하고 정의롭다면, 우주의 어떤 일이든 그처럼 부당하고 불합리하게 무시되는 것을 허용하고 있겠는가?

6 도저히 훌륭하게 성취할 수 없다고 여겨지는 일일지라도, 그것을 행하는 데 익숙해져야 한다. 왼손은 모든 일에 민첩하게 대응하지는 못하지만, 말고삐만큼은 오른손보다 더 단단히 붙잡을 수 있다. 이는 바로 왼손이 그 일에 익숙해져 있기 때문이다.

7   죽음이 닥쳐올 때 인간의 육체와 영혼에 어떤 일이 일어날 것인가를 깊이 생각해 보라. 그리고 인생은 얼마나 덧없는 것인지, 과거와 미래의 시간이란 얼마나 끝없는 심연이며, 만물은 얼마나 허무한 존재인지를 생각해 보라.

8   사물의 껍데기를 벗기고 난 후, 그것을 이루는 원칙들과 행위의 목적을 관조하라. 고통은 무엇이며, 쾌락은 무엇인가? 또 죽음이나 명성은 무엇인지 곰곰이 생각해 보라. 또한 마음의 번민과 불안은 모두 그 자체에서 비롯된 것이며, 모든 것은 관념에 불과하다는 것을 기억하라.

9   이성의 원칙을 적용할 때에는 검객처럼 하지 말고 레슬러처럼 해야 한다. 검객은 그의 무기인 칼을 떨어뜨리면 죽게 되지만, 레슬러는 항상 손으로 상대를 제압하여 손 이외에는 아무것도 필요하지 않기 때문이다.

10 사물 자체를 관찰하되 물질과 형태와 목적으로 분해하여 판단하라.

11 신이 허락하는 것만을 행하고, 신이 할당해 준 모든 것을 순순히 받아들여라. 신은 우리 인간에게 얼마나 많은 특권을 내려 주었는가.

12 자연의 이치에 따라 일어나는 현상들에 대해 신들을 비난해서는 안 된다. 왜냐하면 신들은 의식적이건 무의식적이건 오류를 범하는 일이 없기 때문이다.

또한 인간들을 비난해서도 안 된다. 인간은 무의식적이 아닌이상 오류를 범하지 않기 때문이다. 따라서 우리는 그 누구도 비난하거나 원망해서는 안 된다.

13 자신의 인생에서 벌어지는 상황에 놀라는 자는 얼마나 우스꽝스러운가!

14 우주에는 벗어날 수 없는 운명과 깨뜨릴 수 없는 질서, 자비로운 섭리가 존재한다. 또한 목적도 없고 규제도 없는 혼돈만이 있을 뿐이다.

만일 저항할 수 없는 운명이 존재한다면 당신은 어째서 저항하는가? 우주의 섭리가 자비를 보인다면, 당신은 그 도움을 받기 위해 최선을 다해야 할 것이다. 만일 혼돈만이 존재한다고 해도, 폭풍과도 같은 혼돈 속에서 당신에게 스스로를 조절할 수 있는 이성이 주어졌음에 감사하라.

만일 폭풍이 당신을 덮친다면, 그 폭풍으로 하여금 당신의 보잘것없는 육신과 호흡과 그 밖의 모든 것들이 압도 당하도록 내버려두라. 그러나 당신의 이성만큼은 결코 집어삼키지 못할 것이다.

15 램프의 불빛은 인간이 *끄기* 전까지는 그 밝음을 잃지 않는다. 그렇다면 당신의 내부에 있는 진리와 지혜와 정의가, 어떻게 당신의 생명보다도 먼저 꺼져 버릴 수 있겠는가?

16 어떤 사람이 그릇된 행위를 했다고 생각될 때에는, 스스

로 '나는 왜 이것을 그릇된 행위라고 확신하는가?' 라고 자문해
보라.

실제로 그가 잘못을 범했다 하더라도, 이미 그 스스로 반성했
는지 누가 알겠는가?

악인이 그릇된 행위를 하지 않기를 바라는 것은, 무화과나무가
그 열매에 즙을 만들지 않기를 바라는 것과 같으며, 갓난아기가
울지 않기를 바라는 것과 같고, 또한 말이 울음소리를 내지 않기
를 바라는 것과 같으며, 그 밖의 필연적인 일들이 일어나지 않기
를 바라는 것과 같다. 그러한 마음 상태에 있는 악인이 어찌 달리
행동할 수 있겠는가? 만일 당신이 악인의 행동에 분노를 느낀다
면, 그의 마음 상태를 개선시키고자 노력해야 한다.

17 올바른 일이 아니면 행동으로 옮기지 말고, 진실이 아니
면 말로 옮기지 말라.

18 항상 사물 전체를 보라.

그 사물의 무엇이, 당신에게 그것에 대한 인상을 느끼게 하는
지를 발견하라. 또 그것의 원인과 재료, 목적을 분해하고, 그것이

존재하는 시간을 측정하라.

19 당신의 마음속에 도사리고 있는 것은 무엇인가? 공포인가? 의혹인가? 질투인가? 욕망인가?

그러나 이 모두가 허망하기 짝이 없는 것들이다.

20 첫째, 뚜렷한 목적 없이 되는대로 행동해서는 안 된다.

둘째, 사회 공익과 관련이 없는 행동은 하지 말라.

21 머지않아 당신은 재로 변하고 이 땅에 설 자리도 없게 되리라는 사실을 기억하라. 또한 지금 눈앞에 있는 모든 것과 살아있는 모든 것들 역시 사라지고 말 것이다. 만물은 존재하기 위해 끊임없이 변화하고, 다른 사물이 되고, 소멸하도록 만들어졌기 때문이다.

22 모든 것은 한낱 생각에 불과하다는 것과, 그 생각 역시 당신 마음대로 할 수 있다는 것을 잊지 말라.

당신의 의지로 그것을 제거해 버려라. 그러면 당신은 온화하고 평온한 상태를 유지할 수 있을 것이다.

23 어떤 행동이라도 적절한 시기에 그만둔다면 해를 입지 않는다. 이와 마찬가지로 이런 행동으로 구성되어 있는 전체, 즉 우리의 생명도 적절한 시기에 정지된다면, 그것으로 인해 아무런 해도 입지 않는다. 또 일련의 행동을 적시에 그만둔다면 부당한 대우도 받지 않을 것이다. 그러나 이러한 적절한 시기와 그 한계를 정하는 것은 자연의 몫이다.

때로는 나이가 들어 늙어 가는 것처럼 인간의 특수한 본성에 의해 정해지기도 하지만, 그것은 언제나 우주의 본성이 결정하는 것이다. 우주적 자연이 각 부분들을 계속 새롭게 함으로써, 우주는 영원히 젊고 활기에 넘치는 것이다. 또한 우주의 본성에 유익한 것은 언제나 아름답고 활짝 피어 있는 상태로 유지된다.

그러므로 생명의 종말은 악이 아니며, 부끄러워할 것도 아니다. 왜냐하면 인간의 의지와는 전혀 관계가 없으며, 공공의 이익에도 어긋나지 않기 때문이다. 오히려 그것은 적절한 시기에 일어나고, 우주의 본성에 유익하기 때문에 선에 해당된다.

따라서 신과 같이 행동하고, 신과 동일한 목적을 향해 움직이는 사람은 신에 의해 움직이는 사람이다.

24 다음의 세 가지 충고를 항상 마음에 새겨 두라.

첫째, 목적 없이 행동하지 말고 정의에 일치하도록 하라. 모든 외적인 일들은 우연이거나, 섭리로 인해 일어나는 것이므로 우연과 섭리를 비난해서는 안 된다.

둘째, 각각의 인간은 그 씨가 잉태된 때부터 영혼을 받을 때까지, 그리고 그 영혼을 반환할 때까지, 과연 어떠한 존재인가를 생각해 보라. 그리고 어떤 요소들로 이루어져 있고, 어떤 요소들로 분해되는가를 생각해 보라.

셋째, 당신이 하늘로 들어 올려져 인간 활동의 다양한 모습들을 내려다본다고 상상해 보라. 눈앞에 펼쳐지는 장면들은 경멸을 유발할 것이다. 왜냐하면 그 순간 당신은 주위에 있는 많은 영적인 사람들과 신성한 사람들을 분간할 수 있기 때문이다. 또한 당신이 아무리 자주 들어 올려진다 하더라도, 당신은 똑같은 것, 즉, 인생의 단조로움과 덧없음을 보게 될 것이다. 이러한 것들이 바로 우리 허영심에서 생겨난 것이다.

25   당신의 견해를 버려라. 그러면 당신은 구제될 것이다. 당신의 견해를 버리는 것을 누가 방해할 수 있겠는가!

26   당신이 어떤 일에 불만을 품고 있는 것은, 자연에 순응하지 않고서는 아무것도 생기지 않는다는 사실을 잊고 있기 때문이다. 또한 잘못된 행위는 당신의 잘못이 아니라는 것, 더욱이 그런 잘못된 행위는 이제까지도 있었고, 지금도 도처에서 일어나고 있으며, 앞으로도 일어날 것이라는 사실을 잊고 있는 것이다.

또한 인간과 인류 사이의 인연이 얼마나 밀접한 것인가를 잊고 있는 것이다. 인류는 결국 한 동족이며, 혈연이나 씨앗의 공동체가 아니라 이성의 동족이다. 또한 당신은 모든 인간의 이성은 신성한 것이며, 신으로부터 흘러나온 것임을 잊고 있는 것이다.

그리고 당신은 그 어떤 것도 인간의 개인적인 소유물이 아니라는 것, 자기의 영혼조차도 신으로부터 주어진 것이라는 사실 역시 잊고 있는 것이다.

그리고 모든 것은 생각에 의해 좌우된다는 것과, 모든 인간은 오직 현재에만 존재하며, 잃는 것 또한 현재뿐이라는 사실을 잊고 있는 것이다.

27 과도한 열정을 지녔던 사람들의 삶을 생각해 보라. 그 사람들은 영광, 재난, 비난의 최정상을 경험하고 또 다른 최고의 기회도 접했으리라. 그러고 나서 그들이 지금 어디에 있는지 생각하라. 그들 모두 한낱 연기요, 재요, 전설적인 인물이 되어 버렸다. 아니, 전설적인 인물에 들지 못한 자도 있다. 항상 그들의 존재를 생각하고, 이와 비슷한 여러 가지 사물의 어제와 오늘을 상기하며 마음을 일깨우도록 하라.

맹렬히 추구하여 얻었던 것들도 결국 얼마나 무가치한 것이었는지, 기회가 왔을 때 스스로 올바르게 절제하며 신들에게 순종하고, 소박하게 받아들이는 것이야말로 얼마나 철학적인 일인지를 기억하라.

28 "당신은 신을 본 적이 있는가? 신의 존재를 어떻게 확신하기에 그렇게 신을 경배하는가?"

이렇게 묻는 사람들에게 나는 다음과 같이 대답할 것이다.

"나의 육안으로는 신들을 볼 수 없으며, 또한 나의 영혼 역시 본 적이 없다. 하지만 나는 나의 영혼을 존중한다. 신들도 마찬가지이다. 나는 끊임없이 신들의 권능을 체험하고 있으며, 이것을 통해 그들의 존재를 인식하고 그들을 섬긴다."

29   모든 사물을 세밀히 관찰하여 그것의 실체가 무엇이고, 무엇으로 이루어졌으며, 그 형상은 어떻게 되어 있는지 검토하고, 온 마음으로 정의를 행하며, 진실을 말하는 것이야말로 평온한 인생을 누리는 길이다.

선행 위에 계속해서 선행을 쌓아라. 벌어진 틈이나 갈라진 곳이 사라질 때까지. 그리하여 신이 나에게 베풀어 준 생의 완벽한 기쁨을 맛보아라.

30   햇빛은 벽이나 산이나 그 밖의 무수히 많은 것들에 부딪쳐 부서질지라도 하나이다. 마찬가지로 물질 역시 개체적 특성을 지닌 수많은 개체로 나누어진다 하더라도 하나이다. 영혼은 셀 수 없이 많은 종류의 본성 속으로 분배되지만 본질에는 변함이 없다. 설사 그것이 나누어져 있는 것처럼 보일지라도, 영혼은 모두 하나이다.

그러나 호흡 같은 물질적인 것은 감각 능력이 없다. 따라서 그것들은 상호간에 친화력 없이, 다만 결합을 유도하는 중력이라는 압력에 의해 서로 결부되어 있을 뿐이다.

반면 이성은 본질적으로 동류로 향하는 특성을 갖고 있어 자신의 동류와 결합하며, 그 공동 의식은 결코 깨지지 않는다.

31   이 세상에서 오래 살기를 원하는 이유는 무엇인가? 감각과 욕망의 쾌락을 위해서인가? 아니면 성장을 지속하거나 중단하는 데 그칠 뿐인가? 당신의 언어 능력이나 사고 능력을 활용하기 위해서인가? 당신이 추구할 만한 가치가 있다고 믿는 이 모든 것들은, 대체 무슨 의미가 있는가?

만일 이 모든 것들이 당신에게 중요한 것이 아니라면, 마지막 순간까지 이성과 신에 따라 살아가라. 또한 그 이외의 다른 것들을 존중하고, 죽음이 그 모든 것을 빼앗아 간다고 생각하며 슬퍼하는 것은, 결코 이성과 신을 존중하는 태도가 아님을 명심하라.

32   무한하고 헤아릴 수 없는 시간 중에 인간들에게 할당된 시간이란 얼마나 짧은 것인가? 그것은 순식간에 영원 속으로 묻혀 버리고 만다. 당신은 물질 전체의 얼마나 작은 일부분인가? 당신의 영혼은 우주의 영혼의 얼마나 미세한 일부분인가? 또한 지구 전체에 비하면 당신이 걸어다니는 땅은 얼마나 보잘것없는가?

이런 모든 것을 생각하면서, 당신의 이성이 이끄는 대로 행동하고, 보편적 본성이 가져오는 것을 인내하는 것 외에는 그 무엇도 위대하지 않음을 상기하라.

33 당신은 당신의 고귀한 정신을 어떻게 이용하는가? 모든 것이 여기에 달려 있다. 그 밖의 다른 사물들은 당신의 의사대로 할 수 있든 없든, 한낱 생명이 없는 재이며 연기일 뿐이다.

34 쾌락은 선이요, 고통은 악이라고 생각하던 사람들조차도 죽음을 대수롭지 않게 생각했다. 그러니 우리가 죽음을 얼마나 쉽사리 경멸하겠는가!

35 시간이 자신에게 가져다주는 것을 유일한 선으로 판단하고, 올바른 이성에 따르기만 한다면 행위의 많고 적음에 상관하지 않으며, 세상에 머무는 시간이 길든 짧든 동일한 것으로 생각하는 사람들에게 죽음은 더 이상 공포가 아니다.

36 인간이여, 당신은 이제까지 우주라는 거대한 도시의 시민이었다. 그러나 당신이 이 도시의 시민이었던 기간이 5년이든 50년이든, 그것이 대체 무슨 문제인가?

이 도시의 법칙이 명하는 것은 만인에게 평등하다. 그것에 불만을 품을 까닭이 어디 있겠는가?

이 도시로부터 쫓겨나는 것은 폭군이나 어떤 재판관의 부당한 판결에 의해서가 아니라, 당신을 이곳으로 데리고 왔던 바로 그 자연에 의해서이다. 마치 연출자가 배우를 서슴없이 해고하듯이.

아마도 당신은 말할 것이다.

"나는 5막 중에서 이제 겨우 3막을 끝냈을 뿐입니다."

하지만 인생에 있어서는 그 3막이 완전한 드라마일 수도 있다. 왜냐하면 어느 막에서 연극을 완성시킬 것인가를 결정하는 것은 각본을 쓰고, 중단시키는 자의 권한이기 때문이다. 당신은 각본을 쓴 사람도 아니고 중단시킬 수 있는 사람도 아니다. 그렇다면 당신을 이 세상에 보낸 자가 그랬던 것처럼, 당신 역시 조용한 마음으로 이 세상을 끝내는 것이 좋다.

마르쿠스 아우렐리우스의 생애

마르쿠스 아우렐리우스 안토니누스Marcus Aurelius Antoninus는 서기 121년 4월 26일, 로마의 카엘리우스 언덕에 있는 명문 집안에서 태어났다. 그의 본명은 마르쿠스 안니우스 베루스Marcus Annius Verus로 그의 아버지 P. 안니우스 베루스는 시칠리아 총독을 지낸 귀족이었고, 어머니 루킬라는 집정관 카틸리우스 세베루스의 딸이었다. 그의 부모가 일찍 사망하자 마르쿠스는, 시의 장관이자 집정관을 세 차례나 역임한 할아버지의 슬하에서 자라게 된다.

어릴 적부터 총명하고 학문에 대한 열정이 높았던 마르쿠스는 훌륭한 가정교사들로부터 교육을 받았는데, 그리스어·라틴어·수사학·스토아 철학 등 매우 다양한 분야에 매력을 느끼게 된다. 당시의 로마 황제 하드리아누스는 소년 마르쿠스를 사랑하여 그의 이름인 베루스를 베리시무스(Verissimus 진실한 자)로 부를 정도였다. 한편 마르쿠스의 고모 파우스티나와 그녀의 남편 아우렐리우스 안토니누스 피우스 사이에 아들이 없었던 관계로 마르쿠스는 그들의 양자가 되었다. 마르쿠스 아우렐리우스 안토니누스란

이름을 얻게 된 것은 이때부터였다.

마르쿠스가 열일곱이 되었을 때 하드리아누스가 사망했고, 그의 뒤를 이어 마르쿠스의 양아버지 안토니누스 피우스가 황제에 올랐다. 그리고 마르쿠스는 스물여섯 살 때 황제의 딸 파우스티나와 결혼했다.

마르쿠스가 황제에 즉위하는 과정은 순탄했다. 그는 이미 합법적 권력을 소유하고 있었기 때문에, 원로원에서는 이미 그를 다음 황제로 지명했다. 그러나 그는 안토니누스의 다른 양자인 루키우스 베루스Lucius Verus와 나란히 공동 황제로 즉위했다. 로마 제국의 역사에서 처음으로, 동등한 법률상 지위와 권력을 갖는 공동 황제가 탄생한 것이다. 그러나 루키우스 베루스의 업적은 뛰어난 황제 마르쿠스에 비하면 보잘것없었다. 대부분의 재위 기간 동안 변방지역에서 전쟁을 치르고 큰 전염병, 도덕의 타락에 맞서 싸우는 등 중요한 국정은 철저히 마르쿠스가 수행한 것이었다.

황제가 되어서도 그는 스승과 가족과 친지들에게 애정 깊은 태도를 보였고, 학문에 대한 열정도 높아 늘 손에서 책을 놓지 않았다. 그러나 그는 자신의 생애 대부분을 전쟁터에서 싸우거나, 전염병 퇴치와 타락된 윤리 회복에 고심하며 보내야 했다. 로마 제국의 국민들은 전쟁과 전염병에 시달리고 있었고, 아울러 군사력도 약해졌다. 이 틈을 노리고 게르만족들이 쳐들어왔고, 마르쿠스와 베루스는 힘을 합해 그들을 다뉴브 강 너머로 퇴치하는 데 성공했다. 그러나 그해 베루스가 죽고 나자 마르쿠스는 혼자 모든 일을 감당해야 했다.

175년엔 아르메니아와 메소포타미아의 장군 가이우스 아비디우스 카시우스가 마르쿠스에게 도전해 왔다. 그는 이집트를 장악한 다음 마르쿠스가 죽었다는 소문을 퍼뜨리고는, 자신이 제국의 황제라고 선포했다. 이에 마르쿠스는 병사들 앞으로 나아가서, 그가 황제가 되는 것이 국민을 위한 것이라면 기꺼이 통치권을 양도하겠노라고 선언했다. 그는 자신을 부정하고 우정을 배신한 가이우스를 용서할 작정이었다. 그러나 가이우스는 자신의 부하에게 피살되었고, 마르쿠스는 오히려 자비로써 용서해 줄 기회를 놓친 것에 슬퍼했다. 아우렐리우스의 이같은 박애정신은 죄인까지도 사랑하는 것이, 바로 인간의 특성이라고 말하고 있는 것이다.

180년 3월 17일, 마르쿠스는 돌연 죽음을 맞이했고, 그의 지위는 아들 코모두스가 이어받았다. 그의 나이 59세, 황제에 오른 지 18년 만이었다.

명상록에 대하여
올곧은 삶에 자신을 비춰 보는 거울 같은 책

마르쿠스가 골치 아픈 국정 수행 기간 동안, 추구한 사상과 그의 일상 정치 사상을 이해하는 데 빼놓을 수 없는 것이 바로 『명상록』이다.

그가 이 책을 쓰면서 어느 정도로 타인을 염두에 두었는지는 분명하지 않다. 『명상록』은 전쟁을 수행하고 통치하는 동안 머릿속에 떠오른 생각들을 단편적으로 기록한 책으로, 논증적인 글과 경구가 번갈아 나타난다. 어떤 면에서 이 글은 그의 어깨를 짓누르는 책임감을 누그러뜨리기 위해 쓴 것으로 보인다. 『명상록』은 로마인의 가장 내밀한 사상까지 전부 모아 놓은 것이지만 놀랍게도 그리스어로 씌어졌다. 이는 당시에 여러 문화들이 통합되어 있었음을 말해 준다.

오랫동안 많은 사람들이 마르쿠스의 사상을 찬탄해 왔다. 그는 항상 이룰 수 없는 행동 목표를 추구하고 있었으며, 사색 속에서 자신을 포함한 인간과 물질 세계가 덧없고 야만스럽고 보잘것없음을 깨닫고 있었다. 그렇다고 해서 다른 세상을 믿지도 않았기 때문에 그는 어떤 희망도, 심지어 영원한 명성에 대한 희망도 없이 의무와 직책에 얽매여 있었던 것으로 보인다. 그는 평생 동안 병고에 시달렸으며 만성 위경련으로 고통받으면서 매일 많은 약을 복용했다. 책 속에서 풍기는 종말론적 분위기는 불안하기 짝이 없는 그의 진솔한 내면과, 그 시대의 풍조를 반영한 것이다.

『명상록』은 오랜 세월 역사상 가장 위대한 책 가운데 하나로 여겨져 왔다. 그 사상은 마르쿠스 자신의 것이긴 했지만 독창적인 것은 아니었다. 그것은 기본적으로 스토아학파의 도덕 철학이고, 에픽테토스의 가르침에서 나온 것이었다. 그에 따르면 우주는 이성이 지배하는 하나의 통일체이며, 인간의 영혼은 신이 가진 이성의 일부이기 때문에 혼돈과 변화의 한가운데 홀로 던져진다 하더라도 더럽혀지지 않고 순수할 수 있다는 것이다.

한편 마르쿠스 사상의 몇몇 측면은 스토아 철학을 벗어나 플라톤에 가깝다. 플라톤주의는 당시 에피쿠로스주의를 제외한 모든 이단 철학을 끌어안는 신플라톤주의로 바뀌고 있었다. 그러나 그는 모든 종류의 영혼 불멸의 위안을 받아들일 정도로 스토아학파를 벗어나지는 않았다.

이 책은 한 인간의 고매한 양심이 자기 자신과의 치열한 싸움을 기록한 산 기록이다.

넓은 대륙은 우주의 한 줌 흙이며, 현재는 영원 속의 한순간에 불과하듯이, 만물은 끊임없는 변화와 유전을 거듭한다. 그러므로 우리 인간도 육체적 욕망에 몸을 맡기지 말고 불굴의 의지로 국가 안에서 자기가 맡은 역할을 다하는 것이 본연의 의무라는 스토아적 도덕성을 호소력 있게 전달하고 있다. 또한 이 작품은 에픽테토스의 저술과 함께 스토아 사상을 이해하는 양대 입문서로 정평이 나 있다.

작가 연보

마르쿠스 아우렐리우스
(Marcus Aurelius Antoninus, 121~180)

121년

4월 26일, 로마의 카엘리우스에 있는 귀족 집안에서 아버지 P. 안니우스 베루스와 어머니 도미티아 루킬라 사이에서 출생.

127년

하드리아누스 황제의 배려로 17세가 되어야 입단할 수 있는 기사단에 8세의 나이로 입단함.

128년

역시 황제의 배려로 당시 유명한 종교 학교에 입학함.

130년

생부 P. 안니우스 베루스 사망. 집에서 가정교사들로부터 수학함.

132년

스토아 철학에 심취되어 수사학보다는 철학에 몰두하게 됨.

136년

성년식을 거행함. 게이오니아 파비아와 약혼함. 하드리아누스는 집정관인 코모두스를 자신의 후계자로 정함.

138년

코모두스가 폐병으로 죽자, 하드리아누스는 마르쿠스의 고모부이자 양아버지인 아우렐리우스 안토니누스를 자신의 양자로 삼음. 7월 9일. 하드리아누스 사망, 아우렐리우스 안토니누스가 즉위함.

✤139년
아우렐리우스 안토니누스의 지시에 따라 파비아와 파혼하고, 누이동생 격인 황제의 딸, 파우스티나와 약혼.

✤140년
재무관의 직책을 맡음.

✤141년
집정관의 직책을 맡음.

✤145년
파우스티나와 결혼.

✤146년
장녀 안니아 카텔리아 아우렐리아 파우스티나 출산. 호민관·지방 총독이 되어 황제의 공동 통치자로서 실제적으로 정치에 참여함. 바쁜 생활 속에서도 스토아 철학에 몰두함.

✤161년
3월 7일, 안토니누스 피우스 황제 사망. 동생 루키우스 베루스와 함께 공동 황제로 즉위.

✤162년
게르만의 콰디족, 브리타니아의 카레토니아족을 정벌.

✤165년
바빌로니아의 세레우게이아와 그 서북쪽의 크테시폰을 정벌.

동방 원정에서 귀국한 루키우스 베루스의 군대가 페스트를 퍼뜨려 189년까지 인구의 절반 이상이 죽거나 고통에 시달림. 북방의 마르코만니 야만족이 침략해 옴.

✤168년

야만족 마르코만니에 의해 점령되었던 북부 이탈리아를 회복함.

✤169년

공동 황제인 루키우스 베루스 사망. 게르만의 재공격으로 다뉴브 강가에 진지를 구축. 이때 『명상록』 12편을 씀.

✤171년

다뉴브 강 너머로 반격하여 잃었던 땅을 되찾음.

✤174년

시실리의 총독이었던 가이우스 아비디우스 카시우스가 자칭 황제를 칭하며 반란을 일으킴.

✤176년

가이우스의 반란을 진압하기 위해 아시아로 떠남. 이 원정 중에 아내 파우스티나를 잃음. 가이우스는 결국 자신의 부하에게 살해되고, 11월에 로마로 돌아옴.

✤178년

야만족 마르코만니의 재 침입으로 전투가 계속됨.

✤180년

북방에서의 전투 후 돌아오는 도중 페스트에 걸려 3월 17일, 지금의 빈에서 59세의 나이로 사망.